我心依然

读写鲁迅

黄乔生 著

上海图书馆
上海科学技术文献出版社

图书在版编目（CIP）数据

我心依然：读写鲁迅 / 黄乔生著. —上海：上海科学技术文献出版社，2017

（合众文丛）

ISBN 978-7-5439-7339-8

Ⅰ.① 我… Ⅱ.① 黄… Ⅲ.① 鲁迅研究—文集 Ⅳ.① I210-53

中国版本图书馆 CIP 数据核字（2017）第 047507 号

总 策 划：梅雪林
责任编辑：王倍倍
封面设计：王　慧

丛书名：合众文丛
书　名：我心依然——读写鲁迅
黄乔生　著
出版发行：上海科学技术文献出版社
地　　址：上海市长乐路 746 号
邮政编码：200040
经　　销：全国新华书店
印　　刷：上海中华商务联合印刷有限公司
开　　本：787×1092　1/32
印　　张：7.375
字　　数：123 000
版　　次：2017 年 4 月第 1 版　2017 年 4 月第 1 次印刷
书　　号：ISBN 978-7-5439-7339-8
定　　价：32.00 元
http://www.sstlp.com

目 录

序言 …………………………………………… 001

鲁迅手稿的收藏、整理和出版 …………………… 001
朝花夕拾又思君 …………………………… 018
新德里"鲁迅文化周"散记 ………………… 028
"石在,火种是不会绝的" ………………… 040
"使我心依然" ……………………………… 056
温情永在 文脉不绝 ……………………… 064
鲁迅精神的当代传承 ……………………… 068
鲁迅设计与设计鲁迅 ……………………… 074
建议将鲁迅诞辰日设为"中国读书日" ………… 083

《八道湾十一号》写作札记 …………………… 088
鲁迅与日本人 …………………………………… 108
鲁迅与图画书 …………………………………… 125
鲁迅与中国抗战版画 …………………………… 142
鲁迅与二十世纪中国美术 ……………………… 151
鲁迅"沉入古代"的暗功夫 …………………… 157
"我们现在怎样做父亲" ……………………… 165
"有不平而不悲观,常抗战而亦自卫" ………… 182
芝麻与麻油 ……………………………………… 198

序　　言

从最近几年写的随笔、演讲之类文字中挑出十来篇，编成一个小册子，题名《我心依然》，乍一听，像是流行歌曲，但仔细一想，也确实是流行歌曲——一千多年前唐朝的流行歌曲，是老妪都解、满村传唱的大诗人白居易的作品。从通俗这层意义上说，这题目切合我在博物馆从事的文化普及工作，虽然跟白乐天相比，我当然不敢望其项背。白居易这首《访陶公旧宅》写他访问陶渊明故里的感受，最后两句是"每逢姓陶人，使我心依然"。我以最后一句为题，为绍兴鲁迅纪念馆建馆六十周年写了几段文字，就是这本集子的第五篇。这种场合，当然要说几句祝贺的话。但"一分为二"，我也说了几句批评的话。从体制上说,绍兴鲁迅纪念馆现在不属于文物部门,而隶属于该市文化旅游公司。文化与旅游结合,是经济社会发展题中应有之意。文化旅游公司,顾名思义,应该是先有文,后有旅,没有文,到哪里旅呢?文旅结合本来是好事,但有些好事往往在运行中偏离初衷,最后可能形成更重视或只热心旅游而忽视文化,忽视纪念馆自身业务发展的局面。我说这话,似有点埋怨和不满的意思,但此事关乎体制,非纪念馆同仁所能解决。我所在的北京鲁迅博物馆与绍兴鲁迅纪念馆是"本家",本不必客气,于是就这么写了。文章收入《一木一石——绍兴鲁迅纪念馆建馆六十周年纪念集》时,做了删节,也可以理解。现在收集,补上了删掉的话,而且把那个题目用作书名,也算"不忘初心"。转眼到了2016年,北京鲁迅博物馆迎来了建馆60周年,我也期待着绍兴馆及其他各兄弟馆的同仁们,不但来祝贺,而且来批评。

在博物馆工作,事情杂,头绪多,办展览要写提纲,参加研讨会要写发言稿,不免写些文字,不过有价值的并不多。这个集子里有几篇此类文字,读者不难看出其微小和琐碎。《温情永在 文脉不绝——写在温州郑振铎纪念馆开馆之际》,是我参加这家兄弟馆开馆仪式时写的。温州郑振铎纪念馆里陈列着鲁迅、郑振铎交往的文物资料,其中有些是鲁迅博物馆提供的。两位先贤为保存中国古代木刻水印技术做出的艰苦卓绝的努力,值得我们铭记。《"石在,火种是不会绝的"——话剧〈远火——鲁迅在仙台〉访华演出感言》中提到的这出戏到中国演出,是十年前的事了。我观剧后写了这篇文字,不能称为剧评,只是从中做联络工作的随想。之所以收入本集,乃是因为,为纪念鲁迅诞辰135周年、逝世80周年和鲁迅博物馆建馆60周年,该剧团将于2016年9月再次访华,在北京和绍兴两地演出。

我平时写文章,一般是"逼"出来的,说是应邀,其实也是遵命,甚而成了"还债"。《鲁迅精神的当代传承》是跟中学生们交流的心得;《新德里"鲁迅文化周"散记》是到印度举办展览和学术研讨会的随感;《〈八道湾十一号〉写作札记》介绍我2015年出版的新著;《鲁迅"沉入古代"的暗功夫——谈鲁迅收藏的古砖及砖文拓本》说的是鲁迅的藏品,是北京鲁迅博物馆正在进行的《鲁迅藏拓本全集》编辑出版工作的阶段性成果;《鲁迅手稿的收藏、整理和出版》是承担鲁迅手稿研究课题、谋划出版《鲁迅手稿全集》的一点设想;《朝花夕拾又思君——清水安三藏鲁迅手书佛偈》是对新发现的鲁迅手稿的介绍;《鲁迅与中国抗战版画》是为纪念抗战胜利70周年博物馆举办的"中国战斗"抗战版画展所写。鲁迅虽然没有实际参加八年抗战,但他培养的版画骨干在抗战美术中发挥了巨大作用,值得铭记;《鲁迅与图画书》则是为一位日本朋友编辑的有关美术的图书而作;2016年3月,北京鲁迅博物馆与中国美术馆联合举办了《只研朱墨作春山——纪念鲁迅逝世80周年美术展》。我于美术是外行,但因为是本单位参与主办的展览,只好勉为其难,写了《鲁迅与二十世纪中国美术》一文,并以此为题举办了一次讲座。

《"我们现在怎样做父亲"——鲁迅的儿童教育观略识》《"有不平而不悲观,常抗战而亦自卫"——鲁迅寄语青年的启示》《芝麻与麻油——新文化运动中的鲁迅》或是配合展览的讲稿,或是为大学讲课准备的材料,口语化很重,本应该大加删汰的,但为保持讲座的现场感,不做太大改动。

《鲁迅设计与设计鲁迅——城市社区生活与文化发展的一个案例》似乎有些离题,讲起城市规划来了。不过,这规划,鲁迅正在其中。事情是这样的:北京鲁迅博物馆所在的北京西城区是首都核心区,目前正实施文化兴区战略。区政府与北京鲁迅博物馆协议,联合建立一个以博物馆和白塔寺等文保单位为中心的文化示范区。西城是中央政务中心,又是国家金融中心,对文化如此重视,前景是很令人振奋和期待的。我为此写了一封信给西城区相关部门，谈了一些粗浅想法。这是2015年夏天的事。这年秋天，绍兴市举办以"文化引擎与城市发展"为主题的"鲁迅文化论坛"，发邀请给我。苦于写不出论文，却忽然想起这封信来，于是便把信穿靴戴帽，改装成文章。我在会上就这个问题跟同行们交流，听取大家的意见，引发更多思考。次年春天，迎来了国际博物馆日。2016年博物馆日的主题是"博物馆与文化景观"。我在《中国文物报》上发表了一篇小文，提出应该继续发挥博物馆在都市文化建设中的引领（也就是"引擎"）作用。我认为，博物馆既是所在地区文化景观的重要组成部分，又对地区文化景观的逐步形成产生极大的促进作用，担负着提升地区文化景观的品质和意蕴的重任。我工作的单位全称"北京鲁迅博物馆（北京新文化运动纪念馆）"，居于都市的中心，有两个馆区，一个是阜成门内的鲁迅旧居和鲁迅博物馆，一个是位于沙滩北大红楼的新文化运动纪念馆。近一百年前，北京大学以进步思想和探索勇气发起了新文化运动，新文化运动造就了鲁迅等一代伟人。让鲁迅与新文化运动的精神发扬光大，传之久远，正是两个馆的立馆宗旨。我在文章中特别提到近现代文化遗产在首都文化建设中的重要作用：

鲁迅在北京居住过的四个地方都没有消失，尽管保护现状不尽相同，但作为文化景观都不同程度地发挥着作用，铭刻着他生活和创作的印记；他在沙滩北京大学的教学活动产生了丰厚的学术成果。在北京生活十四年，鲁迅创造了辉煌业绩。鲁迅的文学经典生成于新文化运动时期的北京，他与这座文化古城共同走向现代，成为近现代中国文化的一个标本。北京是古都，故宫长城颐和园天坛等作为传统文化遗存，是民族的瑰宝。但只提人文北京中的传统文化元素还远远不够。在由从帝国政治向新时代转换过渡的晚清民国时期，中国出现了多元共存、中西并陈的文化样态，古老的北京一跃成为新文化运动的中心和新文学建设的重镇。研究鲁迅文学经典的生成，不能不涉及清末民初的北京文化。没有深厚文化传统的滋养，没有新文化运动中心的新潮涌动，没有现代新兴媒体《新青年》《晨报》等，就很难有经典作品《狂人日记》《阿Q正传》的诞生。鲁迅经典诞生不久，就被选入中小学教科书。新文化运动高举民主科学旗帜，冲破禁锢，解放思想，为中国人带来巨大变化，厥功至伟，影响至今不衰。北京大学红楼已有近百年的历史，其建筑本身就是二十世纪初中西文化融合的标本，历经时代风雨，巍然屹立，继续向人们讲述精彩的故事。我们应该妥善保护、合理利用这两个重要的文化遗存，集中展示鲁迅文化业绩和新文化运动的成果，以空间凝聚时间，尽力拓展功能，发挥重要文化景观的引领作用。

几年来，我写的文字、我的工作乃至生活，差不多都与鲁迅和新文化运动的研究和推介有联系。所以，这本小册子用"依然"二字标题，既不是抒情，更不是矫情，却是合乎实情。

前年，我把自己的一些序跋文字搜集起来，编了一本小册子，名曰《从周集》。弁言中我写了这样一段话：

"吾从周，郁郁乎文哉！三人行，必有我师焉。"

这是最近一位老同学过访，我把多年前出版的《周氏三兄弟》赠给他时，写在扉页上的话。三人，本可以指代任何人、很多人，但写在叙述鲁迅、周作人、周建人三兄弟生平事迹的书上，自然有了特指。

我在北京鲁迅博物馆工作多年，日常工作是收藏整理鲁迅文物资料、研究鲁迅作品和思想。也许有人会说，把研究对象拜为"师"，恐怕不利于学术研究的客观性。的确，博物馆职能中，"纪念"与"研究"之间存在矛盾。因长期关注，对鲁迅产生尊敬乃至崇拜，自忖难免，尽管我时常提醒自己努力做到实事求是。

学术研究，需要心平气和，求实论理。"我心依然"，应该是依然平实安定，不浮不躁。目前，我依然在写文章，做展览，编图书，办讲座，尽力做好本职工作。

此次收集，对有些篇章做了文字上的润饰。唯有《建议将鲁迅诞辰日设为"中国读书日"》一篇，原名《建议设立"中国读书日"》，是为纪念鲁迅诞辰130周年也就是五年前所写。为什么一定要以鲁迅的诞辰日为读书日呢？我申述了一些理由，呈请读者审议。文章在《中华读书报》发表后，响应者不多，终归寂寞了。但在我，是想过的，写过的，至今依然这么想，于是收集来"立此存照"，而且将题目改得更加直白了。

黄乔生

2016年8月21日

鲁迅手稿的收藏、整理和出版

有关鲁迅的出版物汗牛充栋。单是鲁迅著作，全集、选本、语录、箴言等，品类繁多。鲁迅手稿也备受重视，二十世纪七八十年代大规模的鲁迅手稿整理和出版，与《鲁迅全集》的编辑注释一样，都是国家文化工程。

随着书写方式的急剧改变，包括鲁迅手稿在内的名家手稿显得越来越珍贵。最近一两年，在拍卖市场上，两页鲁迅书写、周作人题跋的《古小说钩沉》手稿以690万元成交，一页鲁迅致陶亢德手札竟拍出655万元的高价。

二十世纪七八十年代那次大规模的鲁迅手稿出版，最终并没有完全实现原定规划；而且从那时到现在，鲁迅手稿又屡有发现。本文拟简略介绍鲁迅手稿收藏、整理、出版的历程，并就新编《鲁迅手稿全集》的必要性和可能性谈一些初步的设想。

一、鲁迅手稿的收藏和整理

曾有这样一种说法：鲁迅不重视、随意处置自己的手稿。这说法大多来自与鲁迅关系较近的人，其意图，是想要说明鲁迅大气、谦虚，不以大文豪自居，不在乎身后之名。例如，许广平曾在《关于鲁迅的生活》中说，前期鲁迅"对自己的文稿并不爱惜，每一书出版，亲笔稿即行弃掉"。这话只说对了一小半。一般来说，作者的原稿多由出版机构留存，过了保存期限就被毁掉。鲁迅早期的创作文稿，因其尚未成名，保存下来的不多。但此为不能，难说是不愿。鲁迅早期辑录古籍，抄录整理石刻拓片，为学术研究准备资料，积存了大量手稿，不但不能丢弃，而且要精心保存。当然，机缘巧合，文稿也有得以保存者。如鲁迅发表《娜拉走后怎样》演讲，事先写有草稿，事后又将稿件交杂志刊发，遂由编辑者保存下来。抗战军兴，这份稿件被台静农带出北京，辗转多省，经多位学者文人题跋，最后带到了台湾。台静农去世，将这份手稿留给子女，现在不知流落谁手。鲁迅在北京后期，已经颇有文名，到厦门广州任教，颇有青年狂热追随，鲁迅对自己的手稿也开始注意保存了。如北京后期和厦门广州时期写的《朝花夕拾》的手稿，几乎全部保存下来。当然，其中有一个原因应该注意，就是这些文章，大多在他自己或朋友办的刊物上发表，收回手稿较为容易。

鲁迅不在意手稿的传说还与这样一个事件有关。有一次，萧红在鲁迅寓所附近的小食摊上看见有人用鲁迅的手稿包油条，就告诉了鲁迅和许广平。鲁迅1935年4月12日在给萧军的信中说："我的原稿的境遇，许知道了似乎有点悲哀；我是满足的，居然还可以包油条，可见还有一些用处。我自己是在擦桌子的，因为我用的是中国纸，比洋纸能吸水。"鲁迅晚年开始注意保存手稿，自然也部分归功于朋友们的建议和帮助。有很多事例可以证明他保存手稿的努力，如1926年11月13日给出版商李小峰写信说："有一篇《坟》的跋，不知《语丝》要一印否？如要，请即发表。排后并请将原稿交还漱园兄，并嘱手民，勿将原稿弄脏。"1935年5月25日给黄源的信说："《世界文库》已见过，《死魂灵》中错字不少，有几处自己还知道那一个字错，有些是连自己也不记得了。将来印起来，又要费一番查原本的工夫。于是想，生活书店不知道能将排过之原稿还我否？那么，将来可以省力不少。所以想请先生到校对先生那里去运动一下，每期把它取回来。大约书店是用不着这稿子的了。"1936年3月9

日又致信黄源："《死灵魂》原稿如可收回，乞每期掷还，因为将来用此来印全本，比从《译文》上拆出简便，而且不必虑第一次排字之或有错误也。"当时政府的书刊检查制度客观上也促成了鲁迅手稿的保存。如 1936 年 6 月 18 日鲁迅致信杨霁云："日来自患胃病，眷属亦罹流行感冒，所约文遂止能草草塞责，歉甚。今姑寄呈，能用与否，希酌定。又，倘能用，而须检查，则草稿殊不欲送去，自又无法托人抄录，敢乞先生觅人一抄，而以原稿见还为祷。"更常见的情形是，鲁迅请许广平抄写后，把抄件寄出，而留存原稿。

鲁迅手稿略分为以下几部分。

著作。鲁迅文章（包括诗）有八百多篇，现存手稿却只有二百多篇，而且这些手稿有的不完整，有的重复，也有的系别人抄录，上面只有鲁迅的或签名或少量补改的笔迹，严格意义上说不能算是鲁迅手稿。现存比较完整的鲁迅著作手稿是《汉文学史纲要》（《中国文学史略》），还有鲁迅精心抄录的《两地书》——实际上是书信。早期的文集，如《热风》《彷徨》《野草》《华盖集》等，连一篇手稿都没有留下。《呐喊》则只有一篇手稿。后期文集的手稿留存较多，但也有完全丢失的，如《准风月谈》。

日记。鲁迅很早就记日记，但早期的日记丢失。现存日记从1912年5月5日从南方到北京开始,至逝世前一天止,每年订为一本,但缺1922年的日记。据许广平介绍,这一年的日记是在日本侵华时期被日本宪兵搜去的:"日记第十一(一九二二年)在日军占领上海时,被日宪兵队作为我犯罪的证件和我一同带去了一批鲁迅日记(原存保险箱内,因取出拟陆续抄出副本所致),待释放时一检查,即发现失去这十一年全年的一份日记,托人去寻,亦渺无音讯。"鲁迅日记书写简练,字迹工整,装订整齐,1921年前用乌丝栏稿纸,1923年后用朱丝栏稿纸,每年日记后附有书账。

书信。现存鲁迅书信一千五百余封。鲁迅逝世后,曾进行过一次大规模的征集,其成果编辑为《鲁迅书简》。这些书信入藏北京鲁迅博物馆。在"文化大革命"初期因为发生丢失事故,闹成政治事件,很多人受到牵连。这可能是一个误会,那时的人"家国"观念比较重,私有财产观念淡薄,拿走书信,可能会为帮派斗争寻找材料和证据,若说是为了据为己有,恐怕用词过重。后经追查,找到下落,又入藏鲁迅博物馆。

辑校古籍和金石。鲁迅一生花在校勘古籍上的功夫很多,留下大量手稿。仅《嵇康集》就校了十多次。现存《嵇康集》稿本225页,写定稿125页,《嵇中散集》122页,

《嵇康集》校文12页，《嵇康集》逸文1页，《嵇康集》目录3页，《嵇中散集》考6页和《嵇康集》序3页等。

翻译。鲁迅早期翻译的外国文学作品及理论著作的手稿留存不多，而后期翻译的文学作品手稿得到妥善的保存。这些翻译手稿从来没有出版过。

鲁迅逝世后，主要是为了配合《鲁迅全集》的出版，鲁迅家属和全集编纂者对手稿做了初步的整理，但因为时间仓促，手稿又分散北京、上海两地，因此整理并不系统。新中国成立后，考虑到北方天气比较干燥，鲁迅家属将鲁迅在上海的大部分遗物运到北京保存，手稿入藏博物馆。1959年，北京鲁迅博物馆编成《鲁迅手迹和藏书目录》，将手迹分成文稿、诗稿、译稿、日记、书简、墨迹、辑录、金石、碑录、杂录等项。对手稿的页数、写作年月、作品收入文集和手稿保存情况等做了著录。如《〈域外小说集〉序言》，1页，作于1909年，收入《域外小说集》，存北京图书馆；《谢承〈后汉书〉序》，1页，作于1913年3、4月间，发表于1950年11月重庆《大众文艺》第1卷第6期，收入1952年出版的《鲁迅全集补遗续编》，存北京图书馆；《南齐〈吕超墓志〉跋》，3页，作于1918年6月11日，发表于1919年顾鼎梅印行的《吕超墓志拓片专集》，收入《集外集拾遗》，存北京图书馆；《绍兴镜跋》，2

页,作于1918年10月29日,未发表,存北京图书馆。

这个目录虽然分类并不十分合理,有些信息也不准确,但作为一个鲁迅手稿手迹的明细是基本清晰的。因为鲁迅手稿作为文物分藏在各图书馆、博物馆和纪念馆,这样协作完成的工作是必要而且重要的,为后来编辑《鲁迅手稿全集》打下了坚实的基础。

该目录总题为"鲁迅手迹",因而列有"墨迹"等项。编者显然注意到了"手迹"和"手稿"的区别。有些鲁迅手迹,纯系抄写,不能同著作、书信等手稿一样看待,因为抄录者没有在其间留下自己的学术研究印记。同样,鲁迅的大量抄书成果,如《台州丛书》《出三藏记集》等和鲁迅的《海上述林》校样等,都属此类。

还有一些鲁迅手稿,如鲁迅书信,或者已经损毁,或者会陆续面世,很难确定还有多少存世。许广平曾经提到,鲁迅的弟弟周作人曾散出一些稿件,如整理《古小说钩沉》的片段:"解放前曾有前燕大外籍学生专研究鲁迅著作的,曾到上海来见我有所探询,并谓在北京见过周作人,案头有鲁迅手稿一堆,并随手送了他五六页以作纪念云。其他朋友到周处,亦常赠与鲁迅手稿,是知早期鲁迅未搬出八道湾前,必有不少手迹留在彼处,除随手送人外,不知是否业已清理完了一齐交出。"最近几年,拍卖场上果然出现了此类手稿。

还有一种情况：手稿当时被影印，发表在报刊上，而原件后来散失。如《阿Q正传》全部手稿不存，现在读者看到的一页手迹，即第六章"从中兴到末路"的开首，因为制版登载报纸留存，让读者略窥名著写作过程之一斑。

《阿Q正传》手稿

二、鲁迅手稿的出版

鲁迅逝世后，手稿即陆续影印出版，主要有：《鲁迅书简》，1937年6月上海三闲书屋、文化生活出版社据手稿影印，收1923年9月至1936年10月鲁迅致亲友信札69

封，按时间顺序编排，分甲、乙、丙三种版本，甲种本为铜版精装，乙种本为宣纸线装本，丙种本为道林纸精印；《鲁迅日记》，1951年4月上海出版公司影印，宣纸、线装三函24册，收入1912年5月5日至1936年10月18日全部日记（1922年日记缺），同年7月又出版两函24卷本；《嵇康集》，1956年9月北京古籍刊行社出版，宣纸本，线装影印，一函一卷；《鲁迅墨迹》，文物出版社，1958年版；上海鲁迅纪念馆编《鲁迅墨迹二》，文物出版社，1959年版；《俟堂专文杂集》，1960年3月文物出版社，宣纸本，线装影印，一函一卷；北京鲁迅博物馆编《鲁迅手稿选集》（一至四编），1960至1974年，文物出版社出版，宣纸本，线装；上海鲁迅纪念馆编《鲁迅诗稿》，上海人民美术出版社1961年版（1998年第四版）；鲁迅手稿编辑委员会编《鲁迅手稿》，文物出版社出版，1964年12月，宣纸本、线装，一函三卷；北京鲁迅博物馆编《鲁迅墨迹》，文物出版社1961年版；《鲁迅自书诗十首》，人民美术出版社，1971年版；《鲁迅致增田涉书信选》，文物出版社1974年版，线装、宣纸影印，选录鲁迅致增田涉日文书信手稿59通、《中国小说史略·题记》和部分章节的手稿；《鲁迅批判孔孟之道手稿选编》，文物出版社1975年版等。

1975年，鲁迅之子写信给毛泽东主席，建议由"文物局和出版局把鲁迅研究和出版的工作做起来。其具体措施,是将一九五八年下放北京市文化局的鲁迅博物馆重新划归文物局领导,在该馆增设鲁迅研究室,调集对鲁迅研究有相当基础的必要人员,并请一些对鲁迅生平熟悉了解的老同志作顾问,除和出版局共同负责鲁迅全集的注释外,专门负责鲁迅传和年谱的编写工作,争取在一九八一年鲁迅诞辰一百周年时能把上述几种书(即全集注释本、年谱、传记)以及全部鲁迅手稿影印本出齐"。毛泽东批示同意。随后,由国家文物事业管理局牵头,以北京鲁迅博物馆、文物出版社为主,组成鲁迅手稿编辑委员会,负责手稿的编辑出版工作,计划从1978年起,分文稿、书信、日记、辑录、译稿等五个部分,陆续出版《鲁迅手稿全集》。

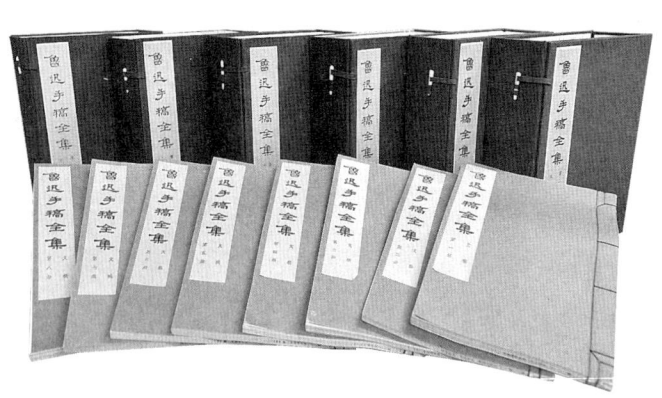

《鲁迅手稿全集》 文物出版社

《鲁迅手稿全集》原计划出版十函,文稿、书信、日记,译稿和辑录各两函,但文物出版社只完成了前三种,共六函60卷;《鲁迅辑校石刻手稿》1987年7月由上海书画出版社出版,宣纸线装本,分碑铭、造像、墓志和校文共三函18卷。《鲁迅辑校古籍手稿》工程浩大,历时颇长,终于1993年3月由上海古籍出版社出齐,宣纸线装本,共六函49册。而鲁迅译稿一直没有得到出版的机会。因此,现行的《鲁迅手稿全集》并不全。

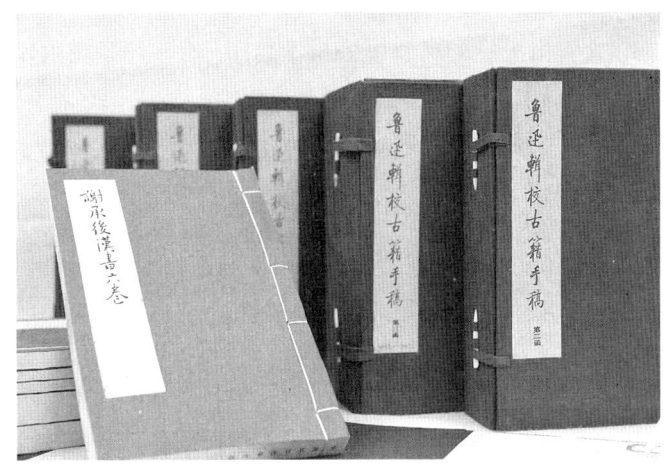

《鲁迅辑校古籍手稿》 上海古籍出版社

由于文物出版社出版的《鲁迅手稿全集》为珂罗版印制,数量有限,价格昂贵,虽然同时发行了平装本,但仍难以满足普通读者的需求。因此，二十世纪九十年代后，又有一些鲁迅手稿出版物问世。例如《鲁迅著作手稿全集》，福建教育出版社1999年12月版，宣纸，线装本，一函12卷，按编年体例收录鲁迅全部著作手稿；《鲁迅手稿全集》，北京图书馆出版社2000年3月版，六函60卷，宣纸线装，将鲁迅全部辑录序跋收入文稿补编，较文物出版社本增补了鲁迅早年撰写的《地质佚文》《自题小像》以及《徐霞客游记》的题跋等，书信部分则增加了鲁迅致江绍原、胡适等人的信函共九封。不过，很明显，以上这些书都以文物出版社的珂罗版为母本翻印，有些还是黑白印刷，大失本真。其他如《鲁迅墨宝真迹》（学苑出版社）、《鲁迅日文书信手稿》（北京出版社）、《鲁迅名篇手迹》（中国电影出版社）等，则更等而下之。

此外还有一些有价值的鲁迅手稿版本，可以作为文物出版社手稿全集的补充，如《鲁迅〈阿Q正传〉日译本注释手稿》，文物出版社1975年版；《鲁迅·增田涉师弟答问录》，1985年日本汲古书院版，按原信大小影印及整理对照稿出版。《两地书真迹》，上海古籍出版社1996年1月版，分"原信"一卷、"手稿"一卷。原信部分是据鲁迅、许广平通信原件影印，是这些原信的首次面世，极具研究价值。

各地纪念馆藏品中，也有鲁迅的手稿。例如，绍兴鲁迅纪念馆编辑的《鲁迅墨迹精选》，华宝斋出版社2003年1月版，宣纸线装本，一函四卷，分抄稿、文章、书信、诗词。书中收录了1889年鲁迅抄录祖父的《恒训》、1897年鲁迅抄录叔祖周玉田所作《镜湖竹枝词百首》、1897年抄录的绍兴人童钰《二树山人写梅歌》、1905年在东京听章太炎讲解的《说文札记》、1915年以周作人名义刻印的《会稽郡故书杂集》手稿手迹，此外还有1899年鲁迅在南京读书时的笔记《水学入门》《开方》《开方提要》《八线》《几何学》等，虽然因为篇幅限制，多为节选，但为鲁迅手稿手迹增添了新的内容。

鲁迅手稿版本不少，显得颇为热闹，但在编辑体例、印制效果等方面都存在问题，因而，重新编辑一套《鲁迅手稿全集》是必要的。

三、新编《鲁迅手稿全集》的设想

随着时间的推移，鲁迅文化遗产保护和研究的需要、科技发展和图书出版形势的变化，编辑出版新的《鲁迅手稿全集》的时机已经成熟。

首先，新编《鲁迅手稿全集》，是对三十多年前确立的一个重大文化工程的补充和完善。几十年来新发现的文稿、书信手稿，特别是原规划中的译稿部分应全部编入；其次，新编《鲁迅手稿全集》是对手稿类的纸质文物进行抢救性保护的示范性工程。因为历史原因，鲁迅手稿分散在多家机构，保护水平参差不齐，研究利用更不方便。出版《鲁迅手稿全集》，在实现对文物的永久性保护的同时，还可以利用同时建立的鲁迅手稿电子图库，更广泛地为鲁迅研究、出版、展览、社会教育等工作服务；再次，随着书写方式的改变，鲁迅时代的毛笔手写及印刷工艺本身也已成为文化遗产。鲁迅的书法工整、清秀，根底深厚。对鲁迅手稿这种最具体可感的文化传承载体的整理出版，可

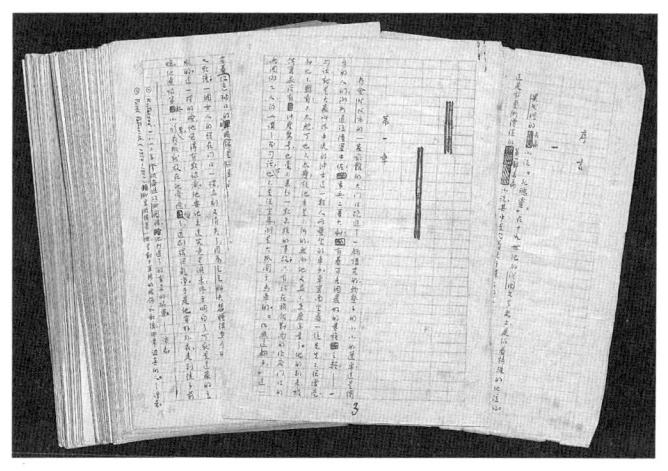

鲁迅译《死魂灵》手稿

以为后人保存一个二十世纪中国文化转型期的书写标本。因此，博物馆、纪念馆、图书馆应该通力合作，将《鲁迅手稿全集》这一文化工程做好。

鲁迅手稿中的译稿部分有一千多页，主要藏于北京鲁迅博物馆、上海鲁迅纪念馆和国家图书馆。如文言和白话两种译文的《察罗堵斯德罗如是说》绪言、《小约翰》译稿121页等，藏于国家图书馆；前苏联法捷耶夫的小说《毁灭》译稿360页，藏上海鲁迅纪念馆；俄国果戈理的长篇小说《死魂灵》（第一部）手稿494页藏北京鲁迅博物馆，第二部译稿则存于国家图书馆。对作为翻译家的鲁迅的研究一向比较薄弱，这些译稿的出版将有利于该领域研究的深入开展。

鲁迅辑录、抄写古籍手稿，除20世纪80年代编入《鲁迅辑校古籍手稿》者外，尚有大量未及出版者，有较高的史料和书法价值。有些抄配手迹，原来统计并不准确，需要细加核对，如鲁迅藏书中的《陆放翁全集》末册有鲁迅抄配页，但具体多少页，《鲁迅手迹与藏书目录》标注"未详"。

鲁迅青年时代的课堂笔记具有一定的史料价值，也应收入新编手稿全集。鲁迅在日本仙台医学专门学校的医学笔记，数量客观，有病变论手稿193页，脉管学手稿334

页，解剖学手稿306页，有机化学手稿296页，五官器学手稿325页，组织学手稿349页。研究鲁迅医学学习阶段也就是思想形成阶段的情形，必须借助于这六册鲁迅医学笔记。由于医学笔记还没有公开出版，此前关于医学笔记只有日本学界的初步研究，国内几乎处于空白状态。更详细深入地解读医学笔记，则有待于从更专业的角度进行多学科的综合性研究。

一些有鲁迅笔迹的校样，无论是他自己著作，还是他人的著作，是研究鲁迅著作和编辑工作的第一手材料，可考虑作为鲁迅手迹收入手稿全集。例如李霁野译的《黑假面人》校稿56页、韦漱园译的《外套》校稿59页、任国桢译的《苏俄的文艺论战》校稿71页、王志之著《落花集》校改本89页、鲁迅本人的《且介亭杂文二集》二校校样18页、《花边文学》校样88页、鲁迅和瞿秋白编辑的《肖伯纳在上海》校样2页、鲁迅编辑的《海上述林》上下卷三校校样667页，等等。

编辑鲁迅手稿的过程中还应该注意的一个问题，是文物出版社出版的《鲁迅手稿全集》中有些并非鲁迅手迹。在北京时期，许广平就曾替鲁迅抄稿。《鲁迅手稿全集》第一卷第27页《渡河与引路》，从"玄同兄"到"所以赞成"，是鲁迅手笔，后四行至第30页篇末，则系许广平抄写,但最后两行落款仍为鲁迅手迹。有的文稿,全篇都系许广平抄录,如《对于〈新潮〉一部分的意见》,只有篇后落款为鲁迅手迹。第四卷第380页至389页,鲁迅1927年2月19日在香港青年会演讲《老调子已经唱完》全篇,既非鲁迅手稿,也非许广平手稿,而第390页至400页的《老调子已经唱完》再抄稿,则为许广平手迹。新编《鲁迅手稿全集》要否收录这些抄稿,应加斟酌。

新编《鲁迅手稿全集》略分为日记、书信、文稿、译稿、辑校古籍、辑校石刻、笔记七编,并增加"附编",收录抄稿等手迹。其新颖之处至少有以下几点:文稿编、书信编补充近年新发现的内容;文稿编打破文物出版社按鲁迅自编文集分集收录的编法,而是单篇文稿按写作时间顺序编排;书信编则按收信人编排,使读者更清楚地了解鲁迅的社会交往情况。

总之,新编《鲁迅手稿全集》是鲁迅手稿类出版的集大成项目,对于推动鲁迅研究,保护、传承和弘扬鲁迅文化遗产,将产生积极的促进作用。

(原载于《鲁迅研究月刊》2014年第6期)

朝花夕拾又思君

——清水安三藏鲁迅手书佛偈

最近友人给我看了一件挂轴,是鲁迅手书四句佛偈:"放下屠刀,立地成佛;放下佛经,立地杀人"。

此偈似曾见过。

原来,1996年,北京鲁迅博物馆编辑出版的《鲁迅研究月刊》登载了李思乐的《由鲁迅的一张明信片想到的——放下屠刀立地成佛》一文,介绍的是日本中国文学研究者饭田吉郎在《从地球的一点开始》上发表的相关文章。

据饭田吉郎介绍,十六字偈"放下屠刀,立地成佛;放下佛教,立地杀人"写在一张明信片上,寄信人是"鲁迅",收信人是"上海市徐家汇 清水安三先生",明信片

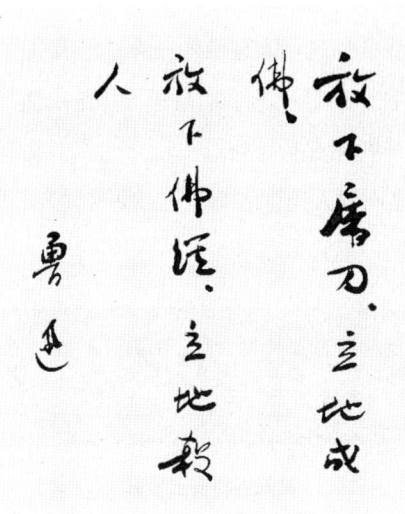

鲁迅手书佛偈

的正面还有手书"应需回信"四字。因为邮戳盖得太乱,不能确定写作时间。

这次看到的鲁迅手书十六字偈(有署名,24×20 cm)则是装裱成挂轴,并非饭田文中描述的明信片。友人推测,可能是珍藏者或他人将明信片背面揭裱制成了挂轴。这样一来,饭田文中提到的明信片的"正面"就另藏他处或被丢弃了。这其实是很可惜的,我觉得清水先生不会如此损毁原件。而且,挂轴手迹的尺寸比常见的明信片大得多,如果邮寄，须有一个信封，而非明信片。

因此，我推测这可能是另外一件鲁迅手迹。

挂轴装在一个雅致的小木盒里，盒盖内侧有清水安三亲笔题识："朝花夕拾，安三　七十七"，又有一段小字道："此书是周树人先生之真笔也。思慕故人不尽，添四个字在此，这是鲁迅先生书名也。"

盒盖内侧安三手书

清水安三1891年出生于日本滋贺县的一户普通农家，1917年作为天主教神甫被派到中国传教，1920年在北京朝阳门外创立崇贞女子学园（曾名朝阳中学，今名陈经纶中学），后曾在天桥附近创办救济院爱邻馆。他在北京期间，担任过日文《北京周报》记者，写了大量介绍中国社会现状的报道。他与鲁迅兄弟相识，曾到西城新街口八道湾十一号周宅访问。鲁迅和周作人日记中有不少关于清水安三来访的记载。清水后来写了多篇文章介绍他与鲁迅的交往，用"交往甚密"来形容他与鲁迅的关系，并自认为是"最初向日本介绍鲁迅"的日本人。清水安三1946年回日

清水安三

本,创立了樱美林学园,1988年去世。他为鲁迅手迹挂轴写题记是在他77岁的1968年。

清水安三逝世五年后,饭田吉郎写了上述文章。对于这篇文章,中国研究者在介绍时已经指出一些讹误之处。例如,文中说清水安三逝世于1964年。假如不是笔误或印刷错误,可以说明饭田与清水安三并不熟悉,其对明信片的知识可能得之于他人转述。笔者这次也看到挂轴与饭田介绍的明信片之间的一个明显的差异:"明信片"上第三句是"放下佛教",而挂轴上写作"放下佛经"。2005年人民文学出版社《鲁迅全集》第8卷《集外集拾遗补编》根据饭田的文章收录四句佛偈(第三句正是"放下佛教"),命名为《题寄清水安三》,写作时间定为1923年,似无确切证据。而且,饭田的文章没有配发明信片图像,严格地说是不能采信的。

如果这个挂轴是真迹,那么以后新版的《鲁迅全集》可以将此偈中的"佛教"改为"佛经"了。当然,挂轴也不能成为否定明信片存在的证据,我们仍期待明信片的出现。

有一点是明了的:饭田或向他介绍明信片的人并没有见过挂轴上这幅手迹。如果他们见到了挂轴,就不会将"佛经"写作"佛教",也不会不介绍木盒盖内侧清水安三的题识。

不妨做这样的推测,鲁迅曾寄给清水安三写有四句佛偈的明信片,清水安三收到后,注上"应需回信"。回信在表示感谢的同时,提出另写一幅字体较大者的请求。鲁迅满足了清水安三的要求,在行文中把"佛教"写成"佛经"。

在与鲁迅有密切交往的日本文化界人士中,清水安三是一个重要人物。清水回忆说:"我是一九一九年五四运动之前,从沈阳来到北京的。一九二四年前往美国,住了三年。以后也在上海和鲁迅见过面。"新文化运动诸大家中,清水与周作人过从甚密。有一次他去八道湾11号周宅拜访周作人不遇,正要离开,一位中年男子从厢房探出头来说:"如果您肯见我,请进来吧,我们谈谈。"进屋后清水才知道,这人是他早想拜见的鲁迅先生。1921年和1923年的鲁迅日记记载多次与清水的交往,如1923年1月20日,"晚爱罗先珂君与二弟招饮今村、井上、清水、丸山四君及我,省三亦来"。清水说,鲁迅留给他印象最深刻的是"为人非常善良,但直言不讳"。清水曾将自己写的汉诗交给鲁迅修改。鲁迅几乎一字不落地做了修改,并劝说清水:"你不要做汉诗了,日本人不适合。"鲁迅批评日本人的汉诗只讲道理,不讲诗趣。清水深受触动,后来多次向人讲述这个情节。

鲁迅定居上海后,清水介绍日本人给鲁迅,其中包括内山书店老板内山完造。从鲁迅日记中可以看出,1931年是两人一生第二个密切交往期。5月6日,清水和增田涉一起拜访了鲁迅,几天后,鲁迅和增田涉回访清水,共进晚餐。但5月21日,鲁迅突然写道"清水三郎君来",查鲁迅在上海所交往的日本人中,还有一位清水三郎,从事地质工作。那么,此后鲁迅日记中不断出现的"清水君来并赠水果一筐""邀清水、增田二君饭""邀清水、增田、蕴如及广平往奥迪安大戏院观联华歌舞团歌舞""得清水君所寄复制浮世绘五枚""得清水君所赠刘田岳碛河底石所刻小地藏一枚"等记载,有可能是清水三郎。

鲁迅手书佛偈的前两句"放下屠刀,立地成佛",为人所习见,语出《续传灯录》卷第二十八《大鉴下第十六世·昭觉圆悟克勤禅师法嗣》:"广额正是个杀人不眨眼底汉。飓下屠刀,立地成佛。"明彭大翼《山堂肆考·征集》卷一:"屠儿在涅槃会上,放下屠刀,立便成佛,言改过为善之速也。"但鲁迅笔锋翻转写下"放下佛经,立地杀人",却很具批判性和讽刺性,带有鲁迅一贯的思想深刻、言辞犀利的特点。

这幅手迹,我推测可能写于1931年前后。这一年鲁迅、内山完造、增田涉和清水安三可能在上海多次见面。有一天,鲁迅到住处附近的内山书店谈天。谈话间,内山完造感慨地说:"我在上海居住了二十年之久,眼看中国的军阀政客们的行动和日本的军阀政客的行动,真是处处相同;那就是等待时机,一朝身在要职,大权在握,便对反对他们的人们,尽其杀害之能事,可是到了局势对他们不利的时候,又像一阵风似地销声匿迹,宣告下野,而溜之大吉了。"鲁迅觉得这番话说得好,第二天据此写成《赠邬其山》(邬其山为内山完造中文名)一诗:"廿年居上海,每日见中华。有病不求药,无聊才读书。一阔脸就变,所砍头渐多。忽而又下野,南无阿弥陀。"如果将这首诗浓缩一下,特别是把后四句加以引申,就是鲁迅手书四句佛偈的精神了。

鲁迅性格刚烈,坚持原则,厌恶社会上那些无特操者。上海时期,他的杂文中颇多此类人物形象,例如他曾批评戴季陶说:"他的忽而教忠,忽而讲孝,忽而拜忏,忽而上坟,说是因为忏悔旧事,或藉此逃避良心的责备,我以为还是忠厚之谈,他未必责备自己,其毫无特操者,不过用无聊与无耻,以应付环境的变化而已。"在另一篇杂文《归厚》中,他讽刺中国官场怪状说:"古时候虽有'放下屠刀,立地成佛'的人,但因为也有'放下官印,立地念佛'而终于又'放下念珠,立地做官'的人,这一种玩意儿,实在已不足以昭大信于天下:令人办事有点为难了。"鲁迅虽不信教,但对于信仰坚定、舍身求法的人心怀敬佩,常致赞辞,无论其信仰的是什么教派。他对基督教徒内山完造和清水安三有好感,就因为他们日常笃信力行,不是忽而这样、忽而那样的无特操者。清水安三1910年考入京都的同志社大学神学部,大学五年级时读到德富苏峰的《支那漫游记》,又在奈良唐招提寺了解到鉴真和尚的事迹,遂立志到中国传教,以回报鉴真和尚历尽磨难

鲁迅诗《赠邬其山》手迹

为日本带来佛教的恩德。他热爱中国，真心关切中国的命运和人民的疾苦，尽力帮助普通民众摆脱苦难生活。他是一位和平主义者。1919年"五四"运动期间，在北京的日本人开会通过要求日军出兵中国的决议，全场唯有清水表示反对。日本侵占中国东北，清水忧心忡忡，说："我有一颗十分爱日本民族的心，但同时又有一种把中国的忧患当成自己忧患的心情。"他发表了一系列文章和评论，公开表达伸张正义的态度。他的评论引起日本军部的忌恨，刊登这些文章的日文《北京周报》，在军部压力下被迫停刊。"七·七事变"爆发后，日军计划空袭北京城。许多人劝清水外出躲避。他回答说："让我这个当老师的死里逃生，我不能这样做，我也干脆就死在这里，要让人们看看，我是如何被日军杀死的！"

清水充分认识到鲁迅的价值，赞扬鲁迅"痛苦地诅咒了真正黑暗的人生"、"将中国的旧习惯和风俗加以咒骂"的思想和文风。他喜欢鲁迅这一半抄录一半发挥的四句佛偈，请鲁迅书写，装裱珍藏，正在情理之中。

（原载于《海内与海外》2016年第2期）

新德里"鲁迅文化周"散记

"哦,去印度了。取了什么经回来?"

这是我从印度回来后,与人们谈起,常常听到的打趣的话。虽然是第一次去印度,但言谈间好像对印度很熟悉似的,恐怕是《西游记》和玄奘故事产生的影响吧。然而,实际情况是,我们对印度的情况很陌生。只停留一周,而且只在新德里一个城市,参观了一些古迹和博物馆,逛了几家商店和市场,坐着被称为"陆上飞机"的小三轮,在车流中蹿行,走马观花,浮光掠影。至今,脑子里所能搜出的,只有一些细碎的片段,无论如何与"经"沾不上边。

这次,我是率北京鲁迅博物馆代表团到印度参加"鲁迅文化周"的。文化周的活动包括印度中国研究所与印度尼赫鲁大学联合举办的"鲁迅及其遗产"国际学术研讨会。北京鲁迅博物馆主办的《鲁迅生平展》，是文化周的重要活动之一，11月15日在新德里印度国际中心隆重开幕。除国际学术研讨会外，还有根据鲁迅名著改编的电影赏析、新德里各高校中文系学生自编自演与鲁迅及其著作相关的舞台剧、公开讲座等活动。

展览开幕前一天，我们在尼赫鲁大学校园里漫步。这个校园很大，绿意盎然，古树盈抱，各种花草，触目皆是，多数叫不上名字，而时见松鼠穿行，颇有野趣。我们特意参观了图书馆中文书架，感觉有点遗憾，中文书实在太少。我们当即决定把携带的图书捐给了学校图书馆，又将携带的一套《鲁迅著作初版本精选集》赠送给印度中国研究中心。但事后想，这也存在问题。他们是英语国家，应当赠给他们有关鲁迅研究的英语著作。然而，我们没有。在随后举办的学术会上，我也向印度学者提出资料来源问题：印度是英语国家，主要是英文资料，中文资料缺少。他们从哪里获得参考资料呢？年龄大一点的学者，中文可能不好，又不大熟悉网络，所以获得资料有一定困难。这说明了翻译的重要性。我想起当年鲁迅对泰戈尔产生一些误解，部分原因就是没有看到泰戈尔作品的中文翻译。

校园里的招贴，大多是左派标语和革命者如切·格瓦拉的画像。有些图画讽刺、指斥大财团和政府，地产商开发项目更是重点攻击对象。据引领我们参观的印度朋友介绍，这些年印度经济也在快速发展，建设项目不断上马，用地量大增，势必要拆迁征用土地，引发开发商与农民、居民之间的争端。印度本来左翼思想较盛，印度共产党虽然没有取得全国执政权，但在有些重要城、邦有相当大的优势，如在加尔各答执政长达三十多年。然而，去年印共在这里失去了政权，一个重要原因就是因为开发征地造成冲突，引起人民的不满，导致选举失利。

"鲁迅生平展"开幕式点灯仪式

邀请我们来印度的尼赫鲁大学汉语系的海孟德老师对我们的活动做了周到的安排。他的学生们跑前跑后，安排我们的食宿，引领我们参观，忙得不亦乐乎。学生们对中国充满了好奇，纷纷表达想到中国学习的愿望。我的总体感觉，是中印的文化交流并不十分热烈，这当然是与我们的东邻日本、韩国相比较而言。参加学术研讨会的日本九州大学一位老师说他也是第一次到印度，感到印度是一个神秘的地方，了解很少。我也有类似的观感。因此，我在鲁迅生平展开幕式上致辞中先说了一番套话：中华文化和印度文化既古老又充满新生的活力，都具有博大、深沉的品质。两个文明之间的交流源远流长。公元六世纪，印度的达摩禅师到中国，建立了禅宗教派，影响深远。中国唐代的玄奘，远赴印度，取回经书，悉心翻译，为佛教文化成为中华文化有机组成部分作出了巨大贡献。中国在现代化进程中，也出现了很多仁人志士，向各国取法，鲁迅就是其中最杰出者之一。他翻译了大量外国著作，被誉为"现代玄奘"。但是，在近现代，两个文明之间的交流成果却不多，因而产生一些误解。鲁迅对泰戈尔的一些误解，就是因为不能得到准确的信息，缺少翻译，缺少交流。我提出，当今中印文化界人士，要学习达摩、玄奘、鲁迅等前辈，以旺盛的求知欲、大无畏的精神和坚强的毅力，从事文化交流,研究两国文化交流的历史,探讨深化交流的途径,使两个文明古国、人口大国之间的关系更亲密,更有建设性。随后,我表达了认真学习印度文化、了解印度有关中国现代文化和鲁迅研究的状况和成果的意愿。我说,唐朝的高僧本来是想到西方取经的(A pilgrimage to the west),却到了南方邻国印度;清朝的鲁迅本来想学习西方文化的,却到了东邻日本。这两个"舍远求近"的例证说明,任何一个国家,无论东西,无论远近,都有值得取法的地方。印度对中国现代化进程的观察,对鲁迅的研究,对当代中国现状的认识,值得我们认真对待。

现在的鲁迅研究,对象不限于鲁迅,而多关注鲁迅研究,即所谓"研究之研究"。这从很多题目中看得出来,例如,研究鲁迅著作改编,研究后人对鲁迅的评价即所谓"鲁迅崇拜"或曰"鲁迅神话",等等。研讨会有一个单元是"鲁迅、孔夫子和新社会主义文化",学者们着重讨论当前中国的孔子热,并与鲁迅学进行比较;有学者指出当前存在将鲁迅和孔子弥合起来的倾向。我两年前发表了一篇关于批林批孔时期中国政治思想领域对鲁迅著作的利用的文章,不免也有这样的倾向。可惜这天发表论文的几位印度学者不懂中文,几乎很少引用最近几年中国出现的几部(篇)有关论著。与会学者对鲁迅与现实主义、鲁迅与当代中国的关系、中国对文豪鲁迅的圣化和崇拜等论题，都有一些新见解。特别是对后一个问题"鲁迅崇拜"，有的学者并没有从政治利用的角度加以批判，却从文学的神圣性角度探讨了其中的一些合理成分，是以前不多见的。

还有几位印度学者，将鲁迅的作品与印度作家如普赖姆昌德、普都麦皮坦、姆克提波德的作品进行比较，特别注意于这几位作家对下层人民命运的关怀和生活状态的刻画。

在印度召开一个关于文学家的研讨会，不能不谈到印度唯一获得诺贝尔文学奖的大文豪泰戈尔。泰戈尔曾来过中国，引起轰动，影响了很多中国作家。据中国研究所的同仁说，2013年泰戈尔获诺奖100周年的时候，印度要举行更多的活动，中国一家出版社要出版《泰戈尔全集》，那时，当会有更热闹的景象。泰戈尔比鲁迅大二十岁，是前辈。按理说，鲁迅应该很尊敬泰戈尔才对，但给人的印象是，鲁迅对泰戈尔没有好声气，讽刺挖苦，远没有后来接待萧伯纳时的热情。其中的原因很复杂。尼赫鲁大学中文系狄伯杰教授发表《鲁迅对泰戈尔的批评：理解与误解》一文，指出，两人的背景不同，环境不同，一个是要向西方学习，一个则是要保护固有文化；一个对孔子致敬，提倡仁爱；一个打孔家店，赞赏苏联的革命；因此之故，鲁

印度诗人泰戈尔

迅对泰戈尔表现了反感、冷淡和嘲讽。韩国外国语大学一位教授也提交了比较韩国对泰戈尔和鲁迅的接受的论文,提供了泰戈尔与韩国文士交往的事实。

我提交的论文也涉及泰戈尔与鲁迅的关系,题目是《"但除了印度":鲁迅对印度的想象》。我从1925年《京报副刊》向文化教育界人士征求青年必读书目一事说起。鲁迅当时的回答很奇特,"从来没有留心过,所以现在说不出"。随后加的一段注解中提到印度:"但我要趁这机会,略说自己的经验,以供若干读者的参考——我看中国书时,总觉得就沉静下去,与实人生离开;读外国书——但除了印度——时,往往就与人生接触,想做点事。中国书虽有劝人入世的话,也多是僵尸的乐观;外国书即使是颓唐和厌世的,但却是活人的颓唐和厌世。"

在"外国"中,印度属于地域辽阔、人口众多者,为什么鲁迅单单把印度排除在外呢?既然"除了印度",那么,印度的书是否也像中国的书一样,让人沉静、劝人出世,而使读者与"实人生离开"呢?或者,印度的书还有其他缺点?鲁迅没有把"除了印度"的原因明确说出来。

问题是:鲁迅在写这段话之前,究竟看过多少有关印度的书?他对印度文化的印象来自何处?写下这五个字的时候,鲁迅的脑海中应该有泰戈尔的影子。因为在这之前,他对泰戈尔来华发表的言论,特别是中国一些文人对泰戈尔的吹捧很反感。还有,他对印度的现实也有一些因道听途说而形成的印象,如"我的一个朋友从印度回来,说,那地方真古怪,每当自己走过恒河边,就觉得还要防被捉去杀掉而祭天。我在中国也时时起这一类的恐惧"。

我的论文追溯了鲁迅对印度文化的评价。鲁迅从青年时代起就关注印度,对印度古代文学十分推崇,后来在中国小说史研究中,不断致以赞美。然而他对近代印度是悲观的，认为沦为英国殖民地的印度已彻底衰败，成为"影国"。他极想了解印度，但限于条件，对在印度进行的波澜壮阔的社会改革和民族主义运动了解太少，只是到了晚年，才从媒体上看到甘地的事迹，给予赞美。

鲁迅一面讽刺嘲弄围绕在泰戈尔身边的中国文人学者，如说："印度有一个泰戈尔。这泰戈尔到过震旦来，改名竺震旦。因为这竺震旦做过一本《新月集》，所以这震旦就有了一个新月社……""人近而事古的，我记起了泰戈尔。他到中国来了，开坛讲演，人给他摆出一张琴，烧上一炉香，左有林长民，右有徐志摩，各各头戴印度帽。徐诗人开始绍介了：'叽哩咕噜，白云清风，银磬……当！'说得他好像活神仙一样，于是我们的地上的青年们失望，离开了。神仙和凡人，怎能不离开呢？"但另一方面，鲁迅对泰戈尔保有理性的看法，从来没有对这幅漫画中的泰戈尔形象涂抹污水。他只有一个地方误解了泰戈尔，那就是他听信了前苏联盲诗人爱罗先珂的转述。"单就印度而言，他们并不戚戚于自己不努力于人的生活，却愤愤于被人禁了'撒提'，所以即使并无敌人，也仍然是笼中的'下流的奴隶'。广大哉诗人的眼泪，我爱这攻击别国的'撒提'之幼稚的俄国盲人埃罗先珂，实在远过于赞美本国的'撒提'受过诺贝尔奖金的印度诗圣泰戈尔；我诅咒美而有毒的曼陀罗华。"这误解影响甚大，因为涉及人道的根本问题。其原因，除了爱罗先珂的转述，也与当时中国知识界对印度的缺乏了解有关。例如周作人在《新青年》第5卷第6号(1918年12月15日)发表的《人的文学》中，在反对中国乃至东方束缚人性的"非人"的文学时，就批评道："印度诗人Tagore做的小说，时时颂扬东方思想。有一篇记一寡妇的生活，描写她的'心的撒提'(Sutteo，撒提是印度古语，指寡孀与她丈夫尸体一同焚化的习俗)。又一篇说一男人弃了他的妻子，在英国别娶，他的妻子还典卖了金珠宝玉，永远的接济他。"因为这样的印象，鲁迅对印度现代社会有了负面的评价，导致他写下那五个字，把印度排除在文明国家之外。

一方面因为没有实际的接触，另一方面因为没有足够的文献做参考，鲁迅在评论印度时只能凭想象和他人的不完整甚至不正确的材料。当时，除了几本诗集，泰戈尔的大部分作品并未译成中文。

但鲁迅总有一种预感：印度是一个有潜力的国家。鲁迅青年时代，中国人普遍看不起印度，以为这个国家不如中国。鲁迅不然，他有高度的自省意识，告诫中国人不要盲目乐观。因此，他对印度还保留着敬畏，对甘地等杰出人物是赞赏的。甚至对泰戈尔，鲁迅也注意到他的别样的

鲁迅藏有关印度的书籍

言论,在《骂杀与捧杀》一文中写道:"但我今年看见他论苏联的文章,自己声明道:'我是一个英国治下的印度人。'他自己知道得明明白白。大约他到中国来的时候,决不至于还胡涂,如果我们的诗人诸公不将他制成一个活神仙,青年们对于他是不至于如此隔膜的。"鲁迅在香港发表演讲时,肯定泰戈尔代表印度"发出了自己的声音"。鲁迅晚年仍留心搜集有关印度的书籍。我们这次制作展览,就把鲁迅收藏的有关印度的书籍及印度翻译的鲁迅著作陈列出来。印度曾是文明古国,现代却沦为"影国"——当时的中国也有一半在阴影中——这惨痛的事实，使鲁迅震惊恐惧。鲁迅一生奋斗，谋求摆脱阴影，寻求光明，与印度的贤哲惺惺相惜。

印度青年学生的质朴真纯和强烈的求知欲让我感动。尼赫鲁大学是一所研究型的大学，除了语言类科系招收本科生外，其他都是硕士生博士生。他们排演的根据鲁迅生平和著作改编的短剧《鲁迅小传》《药》和《阿Q正传》，对人物性格把握得比较到位，汉语发音也堪称字正腔圆。那天我们参观东亚系时，特意到中文系与学生们交流，我问他们有没有中国老师，他们说以前曾有过，但现在没有了。这让我感到意外。很多学习中文的印度同学还没有中文名字，见来了几位中国学者，便嚷着让为他们起名。结果一发不可收，招引来更多的学生求名问字。单是我，就命名了四五位，几乎把学问用尽了——这是印度之行的一个颇有意味的插曲。

（原载于2013年9月11日《文艺报》，发表时有删节）

"石在，火种是不会绝的"

——话剧《远火——鲁迅在仙台》访华演出感言

2006年的10月14日，北京，朝阳区文化馆"九个剧场"。

门口的大海报写着：为纪念鲁迅诞辰125周年，逝世70周年，10月14日、15日演出两幕十场话剧《远火——鲁迅在仙台》，NPO仙台小剧场演出，编剧石垣政裕……

我至今清楚地记得那热烈的场面，观众那热切期待的心情。演出开始前，举行了简短的开演式，由我担任主持人。鲁迅博物馆孙郁馆长和日本驻华大使馆新闻文化中心主任井出敬二公使致辞。孙郁馆长说，这样一出歌颂藤野先生和鲁迅之间的师生友情的戏，从日本到中国来，本身就很好地表明，中日两国人民之间的友谊有悠久的历史和

剧团演职员合影

深厚的基础,而且,今天仍然有很多人在做着积极的努力,戏剧演出所起到的作用是别的方式无法取代的。井出公使说,鲁迅在日本很有名,他本人每次阅读鲁迅的著作都感到新鲜。通过鲁迅与藤野之间的友谊,把两国人民紧紧联系起来。

演出结束后谢幕场面的热烈,演职员、我方接待人员同饮庆功酒的酣畅,就不必细说了。为筹划剧团这次访华演出,成立了由我负责的接待小组,在联系剧场,安排食宿、交通、游览等方面颇费了一番心力。

一

因为筹备剧团访华,我在演出之前读过剧本。说实话,多少年来,阅读剧本在我已经是很少有的,而看戏,也渐渐成为一种奢侈。这个机缘,也重新唤起我对戏剧的兴趣。

实际上,我第一次看这出戏,是在日本。

2006年2月中旬,我去日本访问,一周的时间去了两个地方,都与鲁迅有关。一个是鲁迅留学过的仙台,一个是鲁迅的老师藤野先生的家乡福井县芦原町。

孙郁馆长和我是应日本东北大学(前身为仙台医学专门学校)邀请到仙台访问的。此前,我们和东北大学在北京联合举办了一系列活动,纪念该校建校100周年。其中的一项是纪念鲁迅留学仙台100周年。日本东北大学编辑出版了《鲁迅与仙台》一书,表达了该校师生对中国大文豪校友的怀念和敬仰。鲁迅留学期间的课堂笔记一直藏在鲁迅博物馆,虽然曾经有专家进行初步研究,但是成果还嫌粗浅,其中还有很多内容不为人知,有关的疑问也没有得到圆满解决。日本学者表达了对医学笔记进行深入研究的愿望。经双方多次接触和协商,鲁迅博物馆决定将鲁迅医学笔记的影印件电子版提供给日本东北大学,并由鲁迅博物馆和东北大学组成一个联合研究小组，对笔记进行整理、翻译和解读。2005年9月，在北京举办了国际学术研讨会。同时筹划出版《鲁迅与仙台》的中文版，在研讨会之前出版。我为中文版撰写了《"鲁迅与仙台"研究综述》。研讨会开得很成功。2005年12月，6册1806页医学笔记的电子版赠送给了东北大学。为进一步推动这个研究项目，2006年2月，为了纪念鲁迅博物馆赠送医学笔记，在仙台国际中心举办了"鲁迅与藤野"国际学术研讨会。我在会上也做了题为《善意与温情——"鲁迅与仙台"研究的基调》的演讲，以《"鲁迅与仙台"研究综述》一文为基础，总结过去鲁迅与仙台研究的主要成果，也指出当前研究中存在的问题。两位先贤的交往凝结成的友情，感动和昭示着后来人，沿着这条道路往前走。无论后来的研究者对他们的交往过程的细节提出怎样的质疑，友情和善意是主调，是不可否认的。有学者经过实地调查，对当时的背景和细节——也包括医学笔记本身——做了一些考证，发现也许存在鲁迅对藤野先生教学方法的不满，或者鲁迅对当时一些场景的记述不准确，这些情景容或有之，但不足以推倒善意和温情的基础。我的演讲得到与会朋友们的称赞，后来发表在《鲁迅研究月刊》上，也得到国内一些同行的赞许。后来在中日学者争论鲁迅的《藤野先生》究竟是纪实散文还是小说的问题时,我的这篇文字也还有人提及。总之,我认为,我们应该学习鲁迅的精神,不去放大不愉快和痛苦,而是放大友情,表达感恩。那些一味寻找鲁迅错误,竭力掩盖历史的做法,貌似客观,实际上不符合文学精神,更不符合鲁迅文本的原意,甚至曲解了鲁迅的写作意图。

在仙台举办的学术研讨会有两个特别的安排,一是配合研讨会举办了《鲁迅与仙台——鲁迅的解剖学笔记展》,一是戏剧欣赏。展览设在仙台博物馆,话剧在研讨会会议厅演出,在会议开始之前让与会者欣赏。由于时间关系,只演出几个片段。非营利性的仙台小剧场是一家业余剧团,已经有35年的历史,是仙台市老资格的剧团,以演绎富有地方色彩的故事为主,也关心当代社会问题,例如最近几年排演了有关环境问题的剧目。剧团奉行的宗旨,是一句英文格言:"Think global, act local",略近于我们常说的"立足本地,放眼世界"。外国留学生鲁迅在仙台的经历正是一个很好的国际性题材。这天,因为是为东北大学的学术活动捧场,搬演的是剧中与东北大学有关的三个片段,一个是鲁迅到达仙台时住宿的地方,一个是解剖学教室里的情景,一个关于考试题泄漏事件。说实话,虽然我对有关史料比较熟悉,从演员的动作能勉强揣摩出大意，但根本上，因为不懂日语，对以说话为主的话剧中的很多细节莫名其妙，坐在旁边的日本学者虽偶尔给我一些提示，于事终无大补。

在随后的聚会中，我结识了剧团的负责人东北大学经济系教师石垣政裕先生，一个总是面带笑容的留着小胡子的中年人。他的日常工作是计算机信息处理，却如此执著于戏剧表演，使我感到惊讶。同他详谈得知，剧团演员来自各行各业，有大学生、公司职员、公务员、教师、家庭主妇等等，学习戏剧表演或者戏剧相关专业的几乎没有。年龄结构是"老中青"都有，最小的十几岁，最大的近七十岁。而且，我还了解到，石垣先生的夫人，一个幼儿园教师，就是这出戏的导演。谈话间，石垣先生表达了想到中国演出的愿望。他觉得，他们花了好几年时间创作的这出戏，应该到鲁迅先生的祖国去献演，这样可以贡献于两国人民之间的友谊。我们觉得这是一个很好的愿望，应当尽力促成，尽管跨国演出不是一件容易操作的事，而且当时两国外交正处于低谷。我们回来后，立即同北京市朝阳区文化馆联系，承他们热情协助，无偿提供演出场地。我馆也积极申请经费，准备接待剧团。另外，我当时正在同上海鲁迅纪念馆、绍兴鲁迅纪念馆联系联合举办"纪念鲁迅逝世七十周年"国际学术研讨会。我把日本剧团到中国演出的事同他们商量，他们都表示很感兴趣。最终确定，剧团在北京演出后，即赴上海，在上海演出两场，一场在上海鲁迅纪念馆，一场在复旦大学，作为系列纪念活动的一部分。石垣先生闻知消息，非常激动，本着艺术工作者的认真负责精神，专程来到北京。孙馆长和我陪同他到朝阳区文化馆实地查看。他对场地和设备很满意，我们讨论了细节安排。他回国后不久，又通过电子邮件将剧本的中文版发给我，用来制作字幕；又过了些时候，寄来了装订好的剧本。后来，经我推荐，剧本发表在《上海鲁迅研究》2006年"冬"之卷上。

二

这是一出很有分量的戏。两幕十场，出场人物二十多个，情节颇为曲折，而且前后照应，戏剧手法多样。编者在史料的挖掘和主题的提炼升华方面有很多创新之处，显示了高超的编剧技巧。

这出戏能不能符合中国观众的欣赏习惯？对不太熟悉鲁迅生平特别是不熟悉鲁迅留日生活的观众，怎样营造时代氛围，就是一个很大的问题。在日本文学作品中，鲁迅的形象一直是"正面"的，观众的这种期待当然不会落空。然而，中国观众还有更多的期待，那就是：这个戏比以往多了什么东西?因为,仅有友情还不能满足观众,仅有善意还不足以有戏剧性。仙台给予鲁迅的,除友情外,还有什么东西?痛苦,挫折,反思?在这个异国城市里,鲁迅怎样生存,怎样应对生活和学习中的一切?

　　戏剧需要生活的真实,需要生活的复杂性,因此需要虚构,或者说虚构的真实,符合生活逻辑和心理逻辑的真实。而该剧之所以能把青年鲁迅的生活生动地再现于舞台,不显得单调和乏味,就在于充分发挥了想象力,用可能有的情节弥补了史料的不足。给我印象最深的是鲁迅与剧场的关系。剧团演绎剧团的生活,这虽然在创作和表演

《远火》演出剧照

方面有些讨巧,但却也营造了一个极好的发挥想象力的空间。根据鲁迅同班同学的回忆录,鲁迅在仙台期间曾多次到剧场观剧。编剧利用这个线索,设计了鲁迅与剧院演员之间的交往。这些情节在全剧中占的分量不小,也颇多出彩的地方。青年鲁迅同情受欺负的演员,主持正义,虽属虚构,但主人公的同情心、善良和爱,因此得到充分展现,戏剧的主题也因此得到了凝练和升华。藤野先生对鲁迅、鲁迅对剧团演员的感情顺理成章,都有了说服力。

仁爱精神是鲁迅后来成为一个杰出的思想家和文学的基础。他爱祖国,也关心身边的人,尊重、爱护下层人。全剧着墨更多的是鲁迅对受侮辱和损害的下层人的同情和帮助。当遇到两个流氓追打女装演员光三郎时,他挺身而出,与手持凶器的流氓周旋。一对想学戏的兄妹被剧团主角演员市右卫门欺负,饥饿以至昏迷,他义无反顾地保护他们;当市右卫门诬陷两兄妹偷窃,并且诬陷光三郎是"俄国侦探"时,他倾囊相助。他的理由是:"他们也是人!"他还说:"清国人也好,俄国人也好,那都无所谓。不管是名古屋人,还是大阪人,为难的时候还不都是一样。"后来,这对兄妹被剧团开除,流落街头,饥饿的妹妹因为偷年糕被捉住送往警察局,周树人碰上后又予以救助。这些情节当然都属虚构,但符合主人公的性格。后来鲁迅怀着对国人的悲悯和救助的决心离开仙台，也因此合乎情理。

该剧有很多可圈可点的地方。剧作者特别提到，这出戏是"以东北大学鲁迅研究课题组正逐渐解明的鲁迅研究的新成果为基础，将'仙台时代的鲁迅'和'鲁迅时代的仙台'进行舞台化的尝试"。例如，当藤野先生得知有人诬陷周树人考试之前从他那里得到了题目时，如此应答："我改笔记是为了小周需要的中国新医学。进一步说也是为了中国。退一步说，写在他笔记上也是为了我自己。我讲课，把知识传授给对方是最重要的。即使是因为语言问题没能把我讲的内容传授给清国学生，那也是我讲课没尽职的问题。同样，没能传授给日本学生那也是我没尽职。我是在通过改笔记来弥补教学中不足之处。我来向大家说明吧。"分寸把握得恰到好处，正是在鲁迅的医学笔记研究新成果基础上做出的判断。

剧中的几个抒情段落，通过对白和表演表现人物性格，分寸把握得较好。例如当同学向周树人讲述日本在中国战场上的胜利时，周树人没有慷慨激昂的表白，而是沉吟，是自我诘问，观众由此可以看出他内心的矛盾和痛苦。对于幻灯片事件的处理也比较巧妙。热烈的场面，虽然富有戏剧性，也许更能刺激部分观众的情绪，但作者却舍弃了,而用了鲁迅下课后的感想和感情的波动来表现。这时出现一个抒情段落也显得比较自然,因为这是一个转折关头,他在痛苦思考后,要离开仙台了。仙台的人民是友好的,但是军国主义的猖狂却使青年鲁迅无法忍受。就是在这种矛盾冲突中,人物性格获得戏剧性的发展,也正是这种安排,使观众思考更多的问题。比方说,思考后来那残酷的战争。本剧的序幕和尾声都是藤野先生的戏份,序幕时,他读到鲁迅的回忆文章《藤野先生》,陷入对过去的回忆;全剧结束时,也正值中日战争的尾声,在私人诊所接诊的藤野先生收到了小儿子在战场负伤进医院后不治身亡的消息,非常伤心地停止了接诊,说:"中国是把文化教给了日本的老师啊。这样的战争应该早结束……战争要不得。战争要不得呀。"

鲁迅对自己在仙台的经历也有认真的思考。民众的逆来顺受,使鲁迅意识到最重要的是改变人心,由此想到了中国同胞的现状和前途。鲁迅两次救出受戏霸欺负的少年兄妹,既表现了鲁迅的同情心和勇敢,也对鲁迅的思想深度有所开掘。

穿插男声二重唱,是该剧的另一个特色。歌曲唱腔优美,富有现代气息。通过这种类似古希腊戏剧中合唱队形式的演唱,深化了主题,加重了主人公的感情色彩,具有

仙台医专同学送别鲁迅(左起第一人)照

浓郁的诗意。通过这些插曲,也将各个场次串联起来,有助于造成全剧的整体氛围。同时也告诉观众,这出戏是现代人对一百年前一个故事和一个外国人心路历程的诠释,也即是达到了布莱希特所倡导的"间离效果",让观众在感受过去仙台风情的同时,也感受现代仙台的精神。

这个戏的主角是鲁迅,但我觉得还有一个主角,就是仙台,具体地说,是作为群体的仙台人。藤野夫妇自不必说,给我印象较深还有房东太太,她对中国留学生的关心和照顾是具体的,她的戏份比较重,可以作为仙台普通市民的一个代表。她勤劳、善良、谦和、慈祥,性格开朗,她的想法很质朴,没有什么大道理:"那孩子,学校说是清国人,让俺们多照顾。俺就多上心照顾照顾呗。开始还寻思不好处,后来熟了,觉得那孩子真不错……人哪,都不容易。有难处得互相帮衬着点儿。"最后一场,她特意做了萩饼,赶到火车站送周树人,半道上腿脚不好使,让人背到了车站,说:"小周啊,去东京也好,回中国也好,可别忘了仙台呀。"这番话颇能点题,正是编剧用心之所在——塑造仙台的良好形象。夸张一点说,作者在竭力有意识地创造一个城市的神话。我们在很多细节上都能感到他这种努力。

剧团中的仙台人,大多心地善良,互相帮助,很有人情味和同情心。他们不但关爱外国留学生,自己也在互相救助和关心。例如藤野夫人,不但关心周树人,而且也一起救助落难的戏班学员桂莎。这就是生活的原态,是实现真实性所不可缺少的。如果每个人都对周树人非常关心,就难免任意拔高,就显得单调,甚至虚假。

总之,该剧既是想象的仙台,也是仙台的想象。每个城市都有自己独特的文化,有感人的历史和传说。藤野和鲁迅的故事是仙台城市传说的一部分。鲁迅在仙台的经历和他的感情世界,连同藤野先生对他的关怀,同学们对他的帮助,市民们对他的照顾,在舞台上织就一张巨大的友情之网，演绎了善意与温情的历史氛围。这出戏在表现了鲁迅的生平事迹和精神风貌的同时，也表现了现代仙台人的风度和气度。

我觉得，这出戏的精彩表现，有助于仙台在中国民众心目中树立一个良好的形象。

三

剧团在北京演出两场后，赶赴上海演出两场。因为时间不允许，我没有看北京的第二场演出，而是赶往绍兴参加国际学术研讨会；又因为要赶回北京筹备鲁迅博物馆建馆五十周年庆典和鲁迅生平展的开幕式，也未能到上海参加相关纪念活动，因此也没有到上海观看演出并为剧团送行。后来经上海的同行告知，在上海鲁迅纪念馆的演出，没有打汉语字幕，因为大多数观众懂日语，观众席上不时传出会心的笑声。演出结束后，很多观众不愿离去。在复旦大学相辉堂的演出也获得好评，掌声经久不息，演员多次谢幕。石垣先生根据各方面的意见，在不断地修改剧本。回国后，剧团又到藤野先生的故乡福井县演出，也深受好评。我们从这个过程中既感受到这出戏的魅力，也看到剧团精益求精的艺术追求。

关于剧名，据编剧石垣先生解释，鲁迅与藤野先生告别后，两人虽将近二十年没通音讯，但鲁迅将老师的教诲之恩珍藏于心。这友情，就像火种一样在发光发热，虽然距离遥远，似乎难以立刻获得温暖，但它永远不会熄灭。因为那火埋藏在他们心中，并且通过他们，更广泛地埋藏在读者和市民的心中。正因为如此，这火将永不熄灭地照耀和温暖着两国善良的人民的心灵。剧中插曲《心中的火》和《远火》将主题点出。正因为心中有爱的火种，所以才有温暖和希望。

鲁迅有一句话："石在，火种是不会绝的。"我想可以把这"石"理解为善意和温情，那是友谊的基础，是理解的桥梁。这火种，无论多么遥远，也无论有时多么微弱，都非虚幻，都将发光发热。今后，我们还会，而且应该加柴添薪，使之燃烧得更热烈，以温暖更多人的心，照亮更多原来是阴影的地方。

应该补充一点，2006年秋，我们原计划在三个城市演出，北京、上海和绍兴，但因为剧团演职员各有本职工作，早已经定好返回日程，只好遗憾地放弃了为绍兴国际学术研讨会的代表们演出。描写鲁迅的戏，鲁迅的故乡绍兴市的观众一定会热烈欢迎的。一出戏，要经过不断打磨润色，才能成熟，每演一场，无论是编剧、演员还是观众，都能从戏中体会到新的意义。现在，经过巡回多个城市、演出多场后，这出戏想必更加精彩。

我期待着《远火》在中国的第二轮巡演。

最近，接到来信，得知石垣先生正筹备再次访华演出，心情不禁激动起来。当年的热烈场面，又一幕一幕地在脑海中浮现。遂以这些拉杂的感想，作为我的祝贺和期盼。

是的，石在，火种是不会绝的！

2008年5月30日于北京

（原载于《鲁迅研究月刊》2008年）

"使我心依然"

——绍兴鲁迅纪念馆建馆 60 周年有感

绍兴鲁迅纪念馆迎来 60 周年馆庆,可喜可贺。

全国有六家鲁迅博物馆、纪念馆,在鲁迅故里的绍兴鲁迅纪念馆,可以说是"本"。

不能忘本。

我对绍兴有一种特别的亲切感。适才整理书桌,看到一本《白居易诗选》,随便翻翻,看到《访陶公旧宅》,最后几句写道:"柴桑古村落,栗里旧山川;不见篱下菊,但余墟中烟。子孙虽无闻,族氏犹未迁;每逢姓陶人,使我心依然。"白居易到陶渊明故里参访,虽然物是人非,甚且并物亦非,可是见了姓陶的人感到亲切。我对于绍兴,也有同样的心情。北京鲁迅博物馆与绍兴鲁迅纪念馆交流合作频繁。最近几年，我因为业务上的关系，几乎每年都要去绍兴。绍兴鲁迅纪念馆观众多，接待任务重，我们平时真没少麻烦他们。就在提笔写这篇文字前，我还介绍马来西亚的一个作家、美术家代表团周末前往绍兴，请他们接待关照。

绍兴鲁迅纪念馆鸟瞰

鲁迅是绍兴的"文化使者""文化符号""文化名片"，大家都这么说着，我也常常替他们骄傲。绍兴这些年发生了巨大变化，马路更直了，街道更阔了，人人得而见之；绍兴有大文豪，近现代除鲁迅之外，还有章学诚、李慈铭、蔡元培、周作人等，文脉旺盛，人人得而知之。但我这里想说一点个人的感受——也许是我太苛刻——这些年,绍兴的文气有些弱了。

什么是"文气"?以前读中国古代的哲学书和文艺理论,总感到这个"气"说不清道不明,太玄妙难捉摸,不料现在自己也讲起来了,恐怕最终也讲不清。笼统地说,白居易到陶渊明故里感受到的就是这种气吧?或者用时下流行的话说,是"气场"——一个地方因为特殊的原因,形成了一种态势,一种氛围。文气的基础是"文",要有文物文章文明,而且要给人亲切鲜明的印象。

绍兴鲁迅故里广场

其实，单说绍兴文气弱了，是近乎苛刻的。应该用爱之深求之切来分解。以现在中国城市的发展速度，岂止绍兴，在全中国的很多城市里，要找地方特色，成区成片已经颇为困难了，常常只见得星星点点，气息微弱。满街多的是连锁店、银行之类，有特色、有个性的文化设施越来越少。绍兴既然不是坐落在真空里，又怎能抵御席卷全国的金融、商业狂潮。

一个城市的文气，需要涵养培育。鲁迅故里和绍兴鲁迅纪念馆是绍兴文脉所在。故里和纪念馆在发展上遇到的问题，与北京鲁迅博物馆遇到的问题差异甚大。北京鲁迅旧居深藏胡同内，馆舍远离大街，观众较少；绍兴鲁迅故里的观众络绎不绝，常有摩肩接踵的盛况。北京鲁迅博物馆在经济大发展大繁荣时期，也曾遇到困难，跟风办三产。最近就有学者发表研究报告，把几家鲁迅博物馆纪念馆作为对象，其中提到北京鲁迅博物馆办出租汽车公司，也提到绍兴鲁迅故里发展旅游经济，进行体制创新的事。

体制创新，听起来很响亮，但要看怎样创新，效果如何。

绍兴文物博物馆事业的创新举措之一，就是将包括绍兴博物馆、鲁迅纪念馆在内的绍兴市区所有文博、文物单位委托给绍兴旅游集团经营、管理，这本来也无可厚非，假如旅游集团重视文物保护、文化研究，假如旅游集团也很在意维护文脉、凝聚文气，假如……这需要很多"假如"来支持，很有点不保险。说来也巧，十多年前，有两个全国重点文物保护单位进行了体制创新，交由旅游公司经营管理，一个是山东曲阜的"三孔"，一个就是绍兴鲁迅故里。甫一创新，就创到两位"圣人"头上了，真够大胆。后来"三孔"发生文物过度开发保护不力受到损害的事故，被文物主管部门收回；而绍兴文物事业却仍在旅游大潮中沉浮飘摇。政府有关部门多次去绍兴调研，问题迄今没有得到妥善解决。

绍兴鲁迅故里观众多，在免费开放以前，收入很可观，商业经营者自然不愿轻易放过。发展经济，增加收入，并且探索新的管理机制，是可以理解的。但绍兴文物体制这种混乱所带来的不良影响也很明显。文物事业单位交由企业经营、管理后，文博单位涌入很多非专业人员，纪念馆中经营者成了主体，文化遗产的研究保护者则占极少数，文物保护意识渐渐淡薄也就难免。文博业务开展得少了，就谈不上文物事业的可持续发展。久而久之，文气自然稀薄了。我觉得鲁迅故里存在过度开发的问题，所谓"文气"少了，与这种过度开发不无关系。从业人员把主要精力投放在接待游客上，势必要减少对学术研究、藏品

绍兴鲁迅故居周家新台门台门口

搜集和保护的重视。文气少，自然商气、官气就多。这不能单单求全责备绍兴，这是整个时代的风气，是普遍存在的问题。可惜的是，这些年，文物拍卖市场上出现不少清末文物，特别是与鲁迅家族有关的文物，如鲁迅祖父周福清做京官时与同僚朋友的通信等，我觉得鲁迅博物馆、纪念馆应该收藏。我曾经把此类消息通报给绍兴馆的同事，但以我们现在的预算体制和管理体制，往往还没有行动，就被私人收藏家先得，价格是越炒越高，我们只好望洋兴叹。

2012年底,国务院发布《国务院关于进一步做好旅游等开发建设活动中文物保护工作的意见》,要求依法纠正五种违法违纪行为,我摘出两条:"(一)对于将国有不可移动文物转让、抵押的,要限期改正,予以回购、终止抵押。对于将国有不可移动文物作为企业资产经营的,要限期将其从企业资产中剥离;暂不具备剥离条件的,可以设定过渡期,并由省级人民政府向国务院报告";"(四)对于将文物保护单位管理机构作为企业的下属机构或交由企业管理的,要从企业中分离,恢复文物保护单位管理机构的事业单位性质,交由文物行政部门管理"。

据此,绍兴文物管理体制的老大难问题应该可以解决了吧?我对此充满期待。

我们两家博物馆纪念馆的从业人员,无论商业大潮怎样汹涌澎湃,仍坚守岗位,孜孜不倦地做着学术研究、藏品保护、陈列展览和社会教育工作,取得了引人注目的成绩。北京鲁迅博物馆和绍兴鲁迅纪念馆多次合办学术研讨会和展览,在文化产品开发方面也有很好的沟通交流。借此机会,我向绍兴鲁迅纪念馆的同行表达衷心的谢意和崇高的敬意。愿我们继续共同努力,为鲁迅文化遗产保护事业做出更大的贡献。

过几天,我要去绍兴,拜托绍兴馆同仁一件事:北京鲁迅旧居内床上用品因为虫蛀和老化,已经不能展出,急需复制,而在北京难寻绍兴地区风格的布料。

"鹡鸰在原,兄弟急难。"不由得想起这两句诗。

2013年5月23日

(原载于《一木一石:绍兴鲁迅纪念馆建馆六十周年纪念集》,西泠印社出版社2013年版)

温情永在　文脉不绝

——写在温州郑振铎纪念馆开馆之际

最近我在看鲁迅致郑振铎信札排印校样。其中四十多通信札的手稿藏在北京鲁迅博物馆，大多使用诗笺书写，图案雅致，字迹清秀，赏心悦目，令人爱不释手。这些信札所涉内容丰富，但最引人注目也最令人感动的是有关鲁迅、郑振铎合作编印《北平笺谱》及其他古代版刻的内容。我想，鲁迅写这些信时，选择笺纸也很讲究，真所谓"伐柯如何，匪斧不克"。这种趣味体现了文人之间的默契。两位先贤提倡古代版画，如响斯应，惺惺相惜，谱写了传承中华优秀文化的精彩篇章。

当然，阅读这四十多通信笺，所得并不都是美的享受，而时时感到一种沉重。美观雅致的书写里含着勤苦和艰辛，里面有谋划、协商、请托、计算，简直可以说是惨淡经营。惟其如此，他们的业绩更让人钦敬。鲁迅与郑振铎早在二十世纪二十年代初就已结识，但编辑《北平笺谱》使他们的友情得到升华。郑振铎在《永在的温情——纪念鲁迅先生》中特别讲述鲁迅晚年所做两件出版上的事，一是刊行瞿秋白的译著《海上述林》，另一件就是编印笺谱。两件事都取得了成绩，但都业未竟而身先死。郑振铎亲自参与这两件事，得以深入了解鲁迅的为人，感受鲁迅的眼界，而从鲁迅这一面而言，也找到了知音，找到了行家。关于编印笺谱，鲁迅立意很高，他写信给郑振铎说"实不独为文房清玩，亦中国木刻史上之一大纪念耳"。"这种书籍，真非印行不可。新的文化既幼稚，又受压迫，难以发达；旧的又只受着官私两方的漠视，摧残，近来我真觉得文艺界会变成白地，由个人留一点东西给好事者及后人，可喜亦可哀也。"他立意编印这些版画，就是强调传统对艺术发展的借鉴作用。他说："这些画，青年作家真应该看看了。看近日作品，于古时衣服什器无论矣，即画现在的事，衣服器具，也错误甚多……"两位先贤从事这项工作，并没有想到营利，却因为精心制作，出版后很受欢迎。

  看了这些信笺，就理解了为什么郑振铎在文章中称鲁迅是最真挚最热忱的朋友。郑振铎自己在学术研究上得到过鲁迅的支持，如鲁迅为他抄录《醒世恒言》目录，赠送给他半部附有全图的明版《西湖二集》等。他们编印笺谱，是以个体的资本运作方式进行的，不谋求暴利，不偷工减料。在当今文化大发展热潮中，我们可以从两位先生的合作中得到一些启示。

多年前，我编辑《文化名人忆鲁迅》一书，就以《永在的温情》作为书名。温情，是君子之交；文化，在温情中生长。

今天，郑振铎先生生于斯长于斯的温州设立了郑振铎纪念馆，展示他一生多方面的业绩，特别介绍了他与鲁迅

郑振铎纪念馆开馆

的友情及两人合作编印古代版画在文化传承中的典范意义,很有必要,可喜可贺,

　　温情永在,文脉不绝。

2015 年 10 月 17 日

鲁迅精神的当代传承

2014年年初,我到中国人民大学附属中学,为该校文科实验班同学们做了一次有关鲁迅的讲座,通过鲁迅的照片讲述其生平、精神及现当代读者对鲁迅的接受情况。从同学们提出的一些问题看,他们对鲁迅还是感兴趣的,阅读鲁迅及其同时代人著作有广度也有深度。年底,人大附中的同学又就鲁迅精神的特点、鲁迅文化资源的价值、鲁迅精神在当代的传承等问题与我交流。我谈谈我的粗浅看法。

鲁迅精神的本质特点,未必能用几句话概括。但可以举出几个关键词:一是韧性战斗,二是立人思想,三是实干精神。韧性战斗,可以理解为一种持之以恒地对目标的追求,锲而不舍的学习和工作状态,通俗一点儿说,就是韧劲、毅力,不能把"战斗"简单地理解为行军打仗。立人思想,用鲁迅自己的话说,是尊个性,张精神,可以理解为追求人格上的平等和独立,用现在的话说就是自立、自强、自尊、自爱。实干精神,更容易理解,鲁迅不是一个躲在书斋不问世事的作家,他注重身体力行。

当前,我们非常重视对中华传统文化的继承和弘扬。习近平总书记前不久在同澳门青年座谈时说:"中华文化博大精深,我本人也是一个中华文化的热烈拥护者、忠实学习者。"他举的例子中有"《聊斋》和鲁迅的杂文,二十四史、《资治通鉴》"等,并指出"要学习扬弃,取其精华、去其糟粕,获得正能量"。可见,习总书记把鲁迅著作视为中华文化的重要组成部分,高屋建瓴地回答了鲁迅资源的当代价值和传承方针。中华文化是源远流长的长江大河。中华文化不仅指古代优秀的传统文化,孔孟老庄,也包括20世纪以来的优秀文化资源,鲁迅就是其中的重要代表。

鲁迅文化资源有哪些价值呢?

先说韧性战斗精神。鲁迅在杂文《这个和那个》中写道:"我每看运动会时,常常这样想:优胜者固然可敬,但那虽然落后而仍非跑至终点不止的竞技者,和见了这样竞技者而肃然不笑的看客,乃正是中国将来的脊梁。"体育如此，学习、工作各方面也是如此。实现中华民族伟大复兴的中国梦，需要一代又一代人的接力，需要这种锲而不舍的韧性战斗精神。

再说立人思想。鲁迅在《文化偏至论》中有一个观点："是故将生存两间，其首在立人，人立而后凡事举；若其道术，乃必尊个性而张精神。"用现在的话说，鲁迅是把立人当作中华民族能不能自强、能不能自立于世界民族之林的重大问题看待的。立人的关键在精神的自立和自强。要做到这一点，必须首先学会独立思考，独立成长，走自己的路，这样才会充分尊重和爱护自己民族的优秀文化，同时也会尊重世界上其他民族的文化。如果每一个青年人都能从现在做起，从自我做起，学习五千年的中华文明，包括以鲁迅为代表的现代文明成果，树立文化自信，获得民族的自豪感。前一段APEC（亚太经济合作组织）期间，习近平总书记分别引用中国古语"志行万里者，不中道而辍足"和美国作家爱默生的名言"人但有追求，世界亦会让路"，希望中美双方要站得高、看得远，推动中美关系沿着正确的方向走稳、走实、走远。奥巴马则引用鲁迅的话"地上本没有路，走的人多了，也便成了路"，和中国古话"世上无难事，只怕有心人"，积极回应中国领导人对发展中美关系的展望和期待。相互引用对方作家的名言，体现了对对方文化的尊重，而且这些名言容易让对方产生共鸣。从这个角度说，鲁迅的文化资源不仅有当代价值，也有世界意义。

鲁迅的"立人"思想，运用到文艺上，就是不能当市场的奴隶，不能沾满铜臭气。优秀的文艺作品，最好是既能在思想上、艺术上取得成功，又能在市场上受到欢迎。片面追求经济效益即物质利益、忽视社会效益和精神价值的文艺，充斥当今市场。鲁迅很早就在《热风·随感录五十九》中写道："曙光在头上，不抬起头，便永远只能看见物质的闪光。""曙光"是指梦想或理想、人生观或价值观，属于精神层面。失去梦想，没有理想，就会急功近利，腐败堕落，价值观就会扭曲。鲁迅提出的"非物质"，与"重个人"一样，属于立人思想。要培育和践行社会主义核心价值观，鲁迅的作品会提供不少有益的文化资源。

最后是实干精神。鲁迅的一个很大特点，是注重实干。他不喜欢那些一味唱高调、挂招牌却不去踏实做事、拿不出具体作品的空头文学家。他说："单是说不行，要紧的是做。"还说："巨大的建筑，总是由一木一石叠起来的，我们何妨做做这一木一石呢？我时常做些零碎事，就是为此。"这方面的例子不胜枚举。鲁迅并不长寿，但统计一下他一生所做的工作，很让人震撼。我们现在不是常说

"空谈误国,实干兴邦"吗?中国梦就好像一个"巨大的建筑",需要我们"一木一石叠起来",即便是"零碎事",但大家都"时常做些",效果也会很可观。

当代青年应该认真学习鲁迅,积极传承鲁迅精神。鲁迅和青年的关系是很亲密的,他有许多文章写到青年,一生为青年做了不少事情,培养和帮助了不少青年作家,如萧军、萧红、柔石、胡风等,而这些青年,受鲁迅人格的感召,终其一生都在传承鲁迅、学习鲁迅。鲁迅青年时代相信"青年必胜于老年,将来必胜于过去",秉持"幼者本位"理念。鲁迅对待青年如朋友,热情、诚恳;但同时,他对青年是严格要求的,批评青年的文字也有不少。比如,他针对那些空谈家和游手好闲的青年们,就告诫说:"浪费别人的时间等于图财害命,浪费自己的时间无异于慢性自杀。""我哪里是天才,我是把别人喝咖啡的时间都用在工作和学习上的。"他还对青年提出了这样的要求:"愿中国青年都摆脱冷气,只是向上走,不必听自暴自弃者的说话。能做事的做事,能发声的发声。有一分热,发一分光,就令萤火一般,也可以在黑暗里发一点光,不必等候炬火。"这段话里也包含有韧性、立人思想和实干精神。你们不妨挤出时间,读读鲁迅给青年作家章廷谦(川岛)、萧军、萧红等写的信,就能感得他对青年人的关心和爱护了。正是这种严肃负责、敬业爱生的态度，使鲁迅赢得了青年学生的信任、尊重和欢迎，于潜移默化中也影响到了青年学生的人格、志趣，甚至人生选择。

　　传承鲁迅精神，我觉得首先要读鲁迅的书，没时间读全集，就读选本，读代表作。说鲁迅不好懂，乃至说鲁迅过时了，是一些没有耐心读或者不愿意读鲁迅的人的借口。只有阅读鲁迅、了解鲁迅，才能走进鲁迅，才会独立思考，才能对那些似是而非、人云亦云的说法有分辨力，也才能更好地传承鲁迅精神。

（原载于绍兴鲁迅基金会编《故乡》2015年第1期）

鲁迅设计与设计鲁迅

——城市社区生活与文化发展的一个案例

城市物质繁荣、交通方便,适宜居住,因此人口密集。有人的地方就有文化,人多的地方就有可能出现文化兴盛的局面。文化昌明是城市发达和宜居的一个重要指标。

但目前中国的发展现状是,城市化进展很快,城市文化建设却远远滞后,出现大而无当,服务不周,过于追求利润,建筑高密怪奇,人与人之间缺少交流、变得冷漠等等不良现象。

在中国从温饱型社会向小康型社会发展的过程中,历史文化遗产在城市生活中的作用已经凸显。镶嵌在社区中的博物馆尤其是人物类博物馆纪念馆,是城市文化的明珠,在城市生活中应该也必将发挥巨大的影响力。博物馆应该在社会公众领域和文化地理版图上越来越凸显。假如把一个由某种特定的地理特性与人类活动变迁造成的处于持续变化和演进中的特定区域称为"文化景观",那么,博物馆既是所在地区文化景观的重要组成部分,又对地区文化景观的逐步形成产生极大的促进作用,担负着提升地区文化景观的品质和意蕴的重任。发挥好博物馆在文化景观中的凝聚和引领作用,不论是对博物馆本身,还是对其所在地域社区都具有重大和深远意义。

全国的六处鲁迅纪念设施,分别坐落在北京、南京、上海、绍兴、厦门和广州,大多具有优越的地理位置。绍兴的"鲁迅故里"、上海的"鲁迅公园"、广州的"大钟楼",都是城市的重要文化景观和文化名片,成为当地重要的文化资源。北京鲁迅博物馆地处北京市西城区的居民密集区中,几十年来与社区共同成长。

目前,北京鲁迅博物馆也面临环境的挑战和发展的契机。

鲁迅在北京居住过的地方,集中在西城区:绍兴会馆、八道湾十一号、砖塔胡同六十一号和阜成门内宫门口西三条二十一号。鲁迅在这里生活的时期,是他一生创作的高峰期。以阜成门旧居为基础建设的鲁迅博物馆是这个鲁迅文化遗产群的核心,其毗邻白塔寺,又处在朝阜文化

鲁迅博物馆

街西端，在北京文化发展总体规划中占有重要地位。

最近一年来，北京鲁迅博物馆所在社区发生的两件事，值得研究和思考。

2015年上半年，北京市金融街投资公司为其所在街区的开发建设，与北京鲁迅博物馆签订了一个战略合作协议。关于合作目标的设定，公司征求了我的意见。我写了几段话，供其参考。摘要如下：

> 我觉得金融街投资公司和鲁迅博物馆合作开发鲁迅博物馆和白塔寺地区，使文物保护和博物馆功能得到提升，对地区的整体发展是一个很好的契机。
>
> 鲁迅博物馆是本地区一个较大的公益事业单位，担负学术研究、文物保护、社会教育等职责。与鲁博毗邻的一个文化单位是白塔寺。金融街开发公司承担着白塔寺文保区升级改造等政府重点任务，而北京鲁迅博物馆正在西城区白塔寺历史风貌保护区内。这两个重点文物保护单位，都已经得到精心保护。据我不全面的了解，白塔寺周围，已经拆除遮挡建筑，削低超高建筑，从视觉上抬高了白塔，邻近的居民院落也做了修缮，居民生活得到一定程度的改善，堪称文物保护方面的一个"示范区"。现在，在白塔寺文保区

之外,又增加"鲁迅文化和人文精神发展示范区"的提法,古代文物和近现代文物交相辉映,给本地区的发展提供了更大的可能性,也更具亲和力。

鲁迅文化和人文精神,要继续发展,大力弘扬,这是人们的共识。根据协议,我们将来要共同开发鲁迅文化相关产品。但"鲁迅文化和人文精神发展示范区"这一概念的内涵却需要深入挖掘,也需要更准确的表述。

所谓"示范区",就是在文化开发、人文精神建设方面有典范意义,在城市文化建设中能够发挥示范作用的地区。我们要建设一个示范区,应该在西城区乃至整个北京市具有示范意义。但前面加上鲁迅文化和人文精神——只对有关鲁迅文化建设的地区有示范意义——意义就小了。

所以应该是"北京文化和人文精神发展示范区"。

近年来,我也一直在思考这个问题。我觉得,鲁迅文化遗产中的人文精神内涵开掘得还不够,尤其是其与北京结合这一方面。鲁迅在北京居住的四个地方,都在西城区(原宣武区一个),现在还都保存着,但现状有好有坏。北京市,至少西城区,应该充分利用这份文化资源。鲁迅在北京生活了十四年,其文学经典生成于新文化时期的北京。鲁迅与中国最著名的文化城市共同走向现代，成为近现代中国文化的一个标本，这正是"示范"的一个基础条件。对北京这样的国际大都市而言，文化软实力与经济金融同样重要。故宫长城颐和园天坛作为传统文化遗存，是北京的骄傲，民族的瑰宝，但只提人文北京中的传统文化元素是远远不够的。在进入由帝国政治中心向新时代转换过渡的晚清民国时期，中国形成了多元共存、中西并陈的文化格局，北京成为新文化运动的中心。研究鲁迅文学经典的生成，不能不涉及清末民初的北京文化。甚至可以说，没有北京，就没有"鲁迅"。没有旧京的深厚文化传统的滋养，没有新文化运动中心的新思潮涌动，没有现代新兴媒体《新青年》《晨报》等推波助澜，就很难有经典作品《狂人日记》《阿Q正传》的诞生。自20世纪20年代始，鲁迅作品就被选入中小学《国文》《国语》课本，甚至进入其他国家的教材。而鲁迅文化的传播同样得益于北京的地位，在新中国，在首都北京，鲁迅故居得以保护，鲁迅博物馆得以建立和不断完善并成为鲁迅研究重镇。

鲁迅及新文化遗产是北京市"建设有世界影响力的中国文化中心"的一份宝贵资源。鲁迅在北京人文精神建设中的作用应该得到充分肯定和深入研究。我们协作建设的文化区，是在鲁迅故居和博物馆的基础上，拓展功能，具体可感，以空间凝聚时间，集中展示鲁迅和新文化的文化成果，阐释大师所代表的人文精神。不但对其他鲁迅居住过的地区，而且对北京众多此类文化名人旧居保护区，都有示范作用。

鲁迅博物馆与西城区很多单位特别是与周边大中学校，开展了各式各样的宣传教育活动。西城区政府和各方面也给予我们很多支持。鲁迅在西城区的几个住处，其实都应该好好保护，但国家财力有限，不可能都建成纪念馆、博物馆。有些可以通过其他方式，开发其他用途，同样可以达到保护的目的。例如宣武门外南半截胡同的绍兴会馆，不妨与绍兴市共同开发，延续传统，比现在的"绍兴市政府驻北京办事处"正统。新街口八道湾胡同的鲁迅旧居，现被规划到北京市第35中学新建校址内，完整保留，辟为"周氏兄弟旧居"，将展览鲁迅三兄弟的生平事迹，学校还配套建设了"鲁迅书院"，也是一种很好的保护方式。我为此写了《八道湾十一号》一书，三联书店即将出版。旧居主体建成后，关于鲁迅兄弟生平陈列等事项，学校也征求了我的意见。将来，鲁迅博物馆也会与学校联合举办一些活动。

当然,关于鲁迅,最值得集中开发利用的是阜成门内的旧居和博物馆。我相信并期待,在名人旧居保护、近现代文化遗产利用、发扬人文精神和建设社会主义核心价值观等方面,我们共同建设的这个文化开发区,一定会具有示范作用。

总之,我们的工作基础是鲁迅文化,但我们的着眼点和目标应该是北京文化、中国文化。

2015年9月下旬,正值鲁迅诞辰纪念日,北京举办了国际设计周。设计周把鲁迅旧居和博物馆所在的社区作为一个分场,称为白塔寺再造计划。主要内容是对周边胡同中的房屋进行改造,设计了图书室、展览室及其他市民活动场所。而在北京鲁迅博物馆的展览厅举办了一个"鲁迅是个设计师"的小型展览,把鲁迅在设计方面的成就展示出来,如二十世纪二三十年代的图书封面设计、鲁迅设计的北大校徽等。此外,在胡同的墙上书写鲁迅的名篇佳句;在鲁迅博物馆后面的一个小小的居民院子里,几间老屋经过改造,被辟为旧书阅读交换场所。

设计周把鲁迅作为一个文化符号,给人的感觉是在城区改造中把鲁迅当作一个文化符号,是在设计鲁迅,这可以理解，是利用鲁迅文化遗产的题中应有之义，说明鲁迅文化遗产还能在当今文化建设中发挥作用。但我更关心的是鲁迅设计，是以鲁迅为中心的文化项目，就如鲁迅博物馆与金融街投资公司协议中所说，将该地区纳入鲁迅文化主题建设的范围，建成以鲁迅文化为核心的人文示范区。

我参观了设计周的项目后，感觉到，示范区不仅要"再造白塔寺"（Baitasi remade），而且要"再访鲁迅"（Lu Xun revisited）。应该充分利用鲁迅博物馆的地理优势，让历史文化资源通过旅游、纪念活动等方式，激发起观众兴趣，吸引更广大的民众积极参与。应该从简单管理转向策划营销，扩展文化资源的利用价值；特别要注重对公众的服务，利用期刊、网站、展览、研讨会、讲座等搭建起交流的平台与桥梁，让公众对鲁迅文化遗产产生情感交互，从而实现文化传承。

要设计鲁迅，更要鲁迅设计。

（根据2015年11月在绍兴"文化引擎与城市发展"论坛上的演讲整理）

建议将鲁迅诞辰日设为"中国读书日"

为迎接2011年世界读书日,北京鲁迅博物馆举办了系列活动。4月20日同三联书店、中国书刊发行业协会联合举办了"读书风景"摄影展。从全国各地应征的500多幅摄影作品中,选出佳作150幅,镜头从国内到国外,从城市到乡村,从校园到公园,聚焦的有天真儿童,有耄耋老人;场景有单人品味,也有情侣共赏;有些作品令人陶醉,更有些作品令人震撼。4月23日世界读书日这一天,北京鲁迅博物馆在江苏南通博物苑举办了"鲁迅的读书生活"展览。以一个人的读书经历为主要内容的展览,目前还不多见。像鲁迅这样一生读书经历能做成一个相当规模的展览的人物,历史上也不多见。观众通过展览可以清晰地看到,鲁迅的一生读书、购书、藏书、编书、译书、著书,在短短的二三十年间,创作200多万字,翻译约300万字,听起来已足惊人。鲁迅不仅多产,更以深刻的思想,凝练优美的文笔,巍然屹立在中国现代文学史和思想史上,深入广大读者心中,影响了几代人。举办这个展览,既纪念"世界读书日",又纪念鲁迅,是一种很好的方式。

鲁迅读书目的明确。他立志为民族复兴而读书,为人类和平而读书,为人活得更有尊严而读书。他生活的时代,中国正面临被世界列强瓜分的危险,封建统治飘摇欲坠,民族压迫不堪重负,人民生活充满屈辱。在寻求救国救民道路的勤奋探索中,鲁迅本人也走过了一条不平坦的道路。他学习医学,为的是医治人们身体的病苦;后来改学文学,为的是疗救人们精神上的痼疾。"国民性改造"的难题困扰了他一生。他孜孜不倦地读书和著作,都是为了实现这个大目标。

鲁迅读书方法得当。他善于吸收、敏于辨别,勇猛而不自私,聪明而不取巧。他总是把读书同现实结合起来,时刻关注现实,不是为读书而读书,决不纠缠于细枝末节。他多方面摄取营养,比较鉴别,去粗取精,因此既广博,又精深。直到晚年,他还抱病坚持翻译外国文学作品,以下硬功夫的"直译"法,立志丰富中国语文的表现力。这种进取精神,令人钦敬,值得学习。

鲁迅的读书创作实践，能给今天的读者以启发和指导。他既非复古主义者，也非民族虚无主义者。他既不妄自菲薄，也不自高自大。在当今全球化时代，我们更要学习鲁迅的包容性和创造性，同时强调中华文明延续和中国现代化进程的特点。鲁迅创造性地继承了中国传统文化，以强烈的批判精神和卓越的创造力，推动中国文化朝着健全的方向发展。他是中国文化尤其是新文化的杰出代表，是古老文明向现代转型时期出现的典范人物。

在举办这些活动时，我萌生了一个想法，并就此提出一个建议：将鲁迅先生的诞辰日，9月25日，设立为"中国读书日"。

现行的"世界读书日"4月23日是英国诗人、剧作家莎士比亚和西班牙小说家塞万提斯的逝世日，但也有一种解释说，读书日的起源应该追溯到西欧某地的宗教习俗。对中国读者而言，前者可以理解，后者不得要领。目前，确立具有中国民族特色的文化节日，使国民感到亲切，是一个大趋势。很多中国传统民俗节日，如清明节、端午节、中秋节等，已经由政府以法定假期的形式确定下来。而有一些节日，在实践中渐渐显得不十分亲切和妥帖。例如，有人对"教师节"的日期提出异议，建议以孔子诞辰日为"中国教师节"，使其更具民族特色和文化意蕴，值得考虑。读书节也是如此。将一位本国作家的诞辰日定为全民读书日，正可以满足本国广大读者的愿望。

我国在二十世纪末提出了实施"倡导全民读书，建设阅读社会"的"知识工程"，以倡导读书、传播知识、推动社会文明与进步为目的。二十一世纪之初，又将每年的12月定为"全民读书月"。随后，很多地方设立了读书节、读书月，进一步激发了全民读书的热情。中国过去30年取得的成就，大大得益于二十世纪七八十年代重文化、重科技、"为中华崛起而读书"的热潮。一个民族的精神境界，在很大程度上取决于全民族的阅读水平。中国未来的持续发展需要更大的读书热忱作支撑。

然而，我国目前的阅读状况却不容乐观。根据2009年全国国民阅读调查结果，我国识字国民中平均每人每年阅读图书5.2本。一个国家，人均读书量如此之少，其发展后劲令人担忧。外国的相关资料显示，日本年人均阅读量是40本，美国50本，俄罗斯55本，以色列64本。差距相当明显。不仅如此，当前中国读书界有些现象值得警惕，一是网络阅读的逐渐普及。网络阅读很受青年人的欢迎，但网络阅读不能取代传统阅读。我们应该客观全面地看待网络阅读的勃兴，要在电子阅读和传统阅读之间给予适当引导。二是目前的阅读过于偏重实用，教材参考、考试辅导资料充斥市场，读者的目光因此变得短浅，思想变得偏狭。这种局面亟需改变。鲁迅先生就曾针对类似现象发出告诫："爱看书的青年，大可以看看本分以外的书，即课外的书，不要只将课内的书抱住。……应做的功课已完而有余暇，大可以看看各样的书，即使和本业毫不相干的，也要泛览。"（鲁迅：《而已集·读书杂谈》）三是娱乐化阅读。人们忽略对经典的诵读和深入体会，而喜欢快餐式、娱乐式的文字和图像，浅尝辄止，浮光掠影，甚至沉溺于感官刺激。

功利主义的阅读危及人们的独立思考和创造性，专业的细化与分割造成了人们知识面的欠缺。设立读书日，就是要提倡思想的清洁性和丰富性，而抵御商业化和肤浅化风气。

将一位中国文豪的诞辰日设为中国读书日，也可将全国各地的读书节、读书月活动整合起来，使广大读者有一个共同的节日，具有象征意义，也很有亲切感。

是到了设立"中国读书日"的时候了！2011年是鲁迅诞辰130周年，将鲁迅诞辰日确定为"中国读书日"，请从今年开始。

（原载于2011年4月27日《中华读书报》，题为《应该设立"中国读书日"》）

《八道湾十一号》写作札记

一

八道湾十一号是北京西城的一所三进四合院,中国现代著名作家鲁迅、周作人和社会活动家周建人——人们称为"周氏三兄弟"或"周氏兄弟"——曾在这里居住。

从西直门向东,西直门内大街与赵登禹路交叉口向南约一百米,路东有一条狭窄弯曲的胡同,就是八道湾胡同。沿着这条胡同往东走,是十一号的西跨院。绕着院墙往南,再往东,是前公用库胡同(现名前公用胡同)。八道湾十一号的南门也就是正门,就开在前公用胡同里。鲁迅、周作人的日记、书信或文章里提到这所住宅,有时写作"新街口八道湾",有时也写作"西直门内公用库八道湾"。

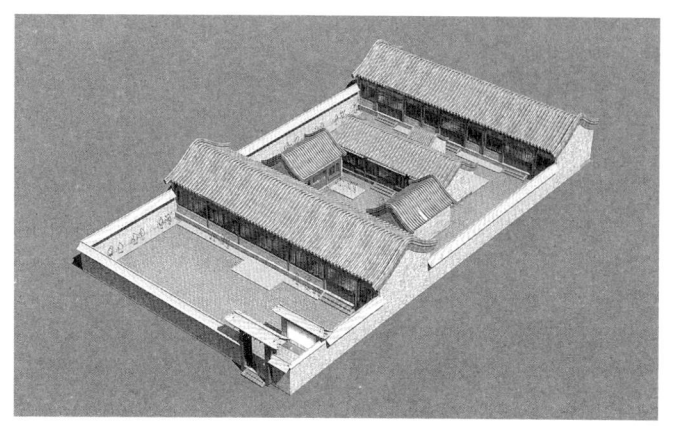

八道湾十一号模型

清末,这一地区属正红旗管辖,颇有一些尊贵住户。八道湾十一号原为东邻刘姓大院(今八道湾九号)的一个附属院落。鲁迅到八道湾看房时,教育部同事钱稻孙一起去看过,那时已是民国八年(公元1919年),王公贵族纷纷凋零。在钱稻孙的印象中,这是"一个破破烂烂的小王府"。

从公用库这个名称推测,附近应该有过仓库。据史料记载,在八道湾东面,现在的后公用胡同一带,有过一个宫衣库,可能是保管宫廷服饰的地方,但也有史料称之为"官银库",那么,就是更阔气的储存银两的地方了。后来,也许是为了避免使用"官""宫"字样吧,简称前、后公用库胡同。如今,干脆去掉"仓库"的"库"字,成了

"公用胡同",离本意更远,更让人摸不着头脑了。

八道湾地处皇城西北,习惯上人们笼统称这里为西城。鲁迅当年写小说,背景除了设在他的故乡绍兴外,偶尔也设在北京。例如《示众》开头就写道:"在首善之区的西城的一条马路上。"周作人有时也在文章或者书信的结尾署上:某年某月某日于北京之西北城。

八道湾胡同西边原本有一条从西北向东南流去的弯弯曲曲的金水河。民国二年(公元1913年)出版的地图上,还可见到这条河的标识。后来河水渐少,河道淤塞,变成一条臭水沟,称为"大明壕"。1921年,开始填沟修路,但河水仍在下面流淌,成为暗河。直到1930年,河道才全部填平,修成马路,分为南北两段。这种路当地人称为"沟沿",八道湾处在沟沿的北段,所以周作人就有文章叫作《北沟沿通信》。胡同名称中的"湾"字,也有可能是指河道而非指胡同的形状,虽然这条叫八道湾的胡同——有时写作"八道弯"——的确弯得可以。

这条北沟沿大街,后来为纪念抵抗日本帝国主义侵略阵亡的将军,得名赵登禹路(另外两个同时命名的是张自忠路和佟麟阁路)。1966年8月,"文化大革命"运动蓬勃开展,北京市委和市委机关的群众组织为了表现革命性,写报告给中央,提出张自忠、赵登禹、佟麟阁等人不是抗日英雄,道路应该重新命名。于是,"赵登禹路"改为"中华路"("张自忠路"改为"工农兵东大街","佟麟阁路"改为"四新路")。1972年后整顿街道名称,"中华路"还曾改名为"白塔寺东街"。1984年,恢复了赵登禹路之名,沿用至今。

多年来,这座中国现代文学史上有名的院落的生存状态不佳,早已不复当年旧观,甚至险些被拆毁。所幸,因为曾为鲁迅所居,它在高楼大厦雨后春笋般生长的时代,仍奇迹般地生存着。

每次去八道湾十一号参观,都能感受到这里的居民搬出大杂院、改善居住条件的渴望。他们总是询问,政府有没有建立纪念馆的计划,何时才能"动"。二十多年来,因为旧城改造,八道湾一带屡有开发商品住宅楼的传言。消息传出,舆论总是一片反对声浪。关键时刻,鲁迅的盛名起了作用,八道湾十一号连同周围的一片平房幸免于拆。

居民埋怨于内,开发商虎伺于外,其状况终究令人不安。同时,也不能不考虑,一个凌乱不堪的大杂院,保留下来,将做什么用场?

终于,2009年,因为金融街的扩张,原在金融街周边的北京市第35中学被搬迁到新街口地区,把这所宅院圈在校内。就是在这个时候,我起意写作一本小册子,略述八道湾十一号的历史沿革及主要人物的生平事迹、命运变迁。

现在这本书已经写成，《八道湾十一号》2015年6月由北京三联书店出版了。

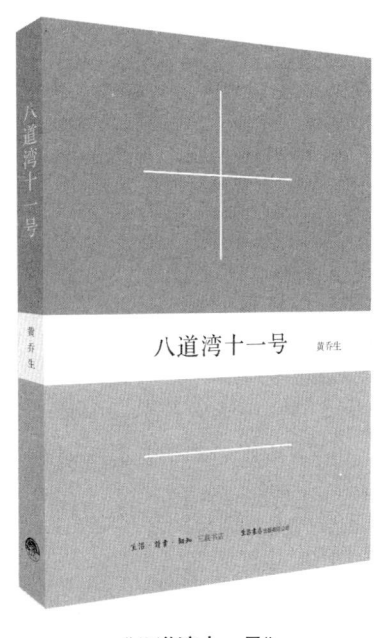

《八道湾十一号》

二

八道湾十一号周宅完整保护下来，中国又多了一个纪念鲁迅的设施。

全国鲁迅纪念的设施原有六处,分别在北京、上海、绍兴、广州、厦门和南京。北京的鲁迅旧居坐落在西城区阜成门内宫门口西三条(现为宫门口二条)胡同,已被列为全国重点文物保护单位,那里建有鲁迅博物馆;上海鲁迅旧居在虹口区北四川路大陆新村;绍兴是鲁迅的出生地,故居也是祖居,周家台门,如今连同鲁迅少年时代就读的私塾,都被列为全国重点文物保护单位;鲁迅曾任厦门大学教授,该校集美楼上鲁迅住宿和办公合一的房间乃至整个一层楼,如今也辟为鲁迅纪念馆;同样,广州的大钟楼上也建有鲁迅纪念馆;南京是鲁迅青年时代求学的地方,他就读过的陆师学堂附设矿路学堂旧址,现存南京师范大学附属中学校内。该校特设鲁迅纪念室。

鲁迅在北京住过的地方有四个:宣武门外绍兴会馆、八道湾十一号、西四砖塔胡同六十一号和阜成门内宫门口西三条二十一号。居住时间最长的是绍兴会馆,时间最短的是砖塔胡同。绍兴会馆是公共住所,非专有住宅,鲁迅和周作人在那里借住;砖塔胡同则是短期租住。可以作为故居的只有八道湾十一号和宫门口西三条二十一号住宅。中华人民共和国成立后,政府将宫门口西三条二十一号辟为鲁迅故居和博物馆,而没有选择八道湾十一号。

八道湾十一号住宅是周氏三兄弟将故乡绍兴的房产卖掉筹款购买的。1921年,周建人离开,1923年,鲁迅因与二弟周作人反目,另购房屋居住,八道湾宅院留给了周作人一家和周建人的前妻及儿女使用。周作人在日本占领北平时期加入伪政府,战争结束后被逮捕判刑,房产被法院没收。

中华人民共和国成立之初,政府也曾考虑在八道湾建纪念鲁迅的设施,因为院内有一部分房产属于鲁迅,鲁迅曾在此创作了包括《阿Q正传》在内的大量作品。据院内的居民回忆,有一天许广平来了,跟住在院子里的华北军区纠察队的连长说,鲁迅和周建人名下的房产都捐给政府了。她还转达周总理的意见,说这里以后或辟为纪念鲁迅的场所,或改作鲁迅小学。但这些设想后来没有实现。

到北京鲁迅博物馆参观的人,常常问起八道湾十一号的情况。博物馆的鲁迅生平陈列中,不但有这座院落的老照片,而且还有一个全景模型。但很有一些观众不满足于这些材料,总想实地察看。我自己就陪同过好多位中外朋友到八道湾参观。大家看到院内加盖的低矮拥挤的房屋,满地堆放的杂物,总是不胜唏嘘,发出沧海桑田之叹。

新文化运动是中国近现代历史上的大事件,研究新文化,不能绕过鲁迅和周作人。北大红楼是"五四"运动的策源地,新文化运动的代表人物陈独秀、胡适、鲁迅和周作人等都在那里担任过教职;周氏兄弟在北京的住宅也是新文化尤其是新文学史上有象征意义的建筑物。文学史家郑振铎曾说:"假如我们说,'五四'以来的中国文学有什么成就,无疑的,我们应该说,鲁迅先生和他(周作人)是两个颠扑不破的巨石重镇,没有了他们,新文学史上便要黯然失光。"

八道湾十一号这个具有丰富人文价值的院落,需要充分认识,妥善保护,合理利用。

三

保与拆是名人故居面临的一对矛盾。

周作人被国民政府逮捕判刑后,八道湾十一号里陆续住进别的人。尤其是唐山大地震后,搭建了很多临时建筑,致使院子拥挤不堪。新中国进行的两次全国文物普查,这所院落都没有被登记注册。长期以来,不少文化界知名人士撰文,希望有朝一日将八道湾的现有住户搬迁出来,恢复这座院子的本来面貌,保留一段历史,保留一种文化,保留一部分城市的记忆。

所幸,赞成保护八道湾十一号的意见一直占上风。但也有另外一种声音。鲁迅之子周海婴就不同意保留这所院子,他说:"据我了解,国家文物部门经费很困难,拨出巨款来修缮十一号院的可能性几乎没有。就现在这么一副破旧不堪的样子,将来和周围小区建筑对比起来,那是一番什么景象!春节期间,我和周建人(鲁迅的弟弟)的两位女儿对此交换了意见,一致同意不保留八道湾十一号院。我们认为,再以保护鲁迅故居的名义来保留十一号院是不合适的,可能产生一些负面效果。"他的理由之一是:"八道湾的房屋以北房最佳,而父亲本人根本没有享受过,而'苦雨斋'又与鲁迅不搭界。他早年住过的屋子,又都破损不堪,而且听说现在也不是原屋了。要说北京的鲁迅故居,西三条才是。因为这是他用自己的钱独立购买的,并且也是居住过的。由此可见,保护八道湾实际等于保护周作人的'苦雨斋'。那么,汉奸的旧居难道是值得国家保护吗?"

反对意见比较集中的是:全国纪念鲁迅的机构已有六个,北京也已经有一家规模较大的博物馆,不必再增加同类设施了。对此,有人举出外国的例证反驳说,俄罗斯人为他们的伟大诗人、近代语言与文学的奠基人普希金修建了很多纪念设施,不仅在大大小小的城市里有,就连偏远的米哈伊洛夫斯克或三山村,在小路旁或树林边,也会见到写着"普希金曾在这里散步""这里是普希金读过书的地方"的木牌。俄罗斯人甚至还为普希金的奶娘也建立了一座纪念馆。

前几年,我在一次国际文学博物馆交流会上介绍了中国的六家鲁迅博物馆、纪念馆,指出这是自古至今中国重文传统的一个显著例证。我讲得很激动、很自豪。不料,俄罗斯莫斯科一家普希金纪念馆的同行回应说,在俄国,普希金的纪念设施有十四处。好在我的发言还有一部分,是介绍中国自古以来的重文传统,我举出的中国古代的例证是杜甫,其纪念设施也在十几处之谱。有杜甫停留过两三天、写过几首诗的城市建了纪念亭的,有杜甫停船靠岸的城市建了阁楼的,等等,而且近年来仍不断出现规划建设新设施的消息。我这么说,当然不是为了跟外国同行争高低,只是想说明中国的重文传统一脉相承。我们是一个尊重诗人的国度,如果继续坚持这个传统,有希望也必定会出现更多更伟大的诗人。

拆与保的较量的结果是,八道湾胡同十一号院——鲁迅和周作人的故居——将作为中学校内文物保留。

这结果差强人意。

四

当我和同事们赶去为老院拍照留影的时候,院内三十六户人家已经迁走大半。问起留下来的几户居民,他们说因为补偿太少,他们不愿搬迁,正跟拆迁办商谈价格。院里的居民当然知道这里原是鲁迅、周作人兄弟的故居。有些人对此持无所谓的态度。一位居民说,常有人来看鲁迅住的地方,但"鲁迅住这里是多少年前的事了,关注这个有什么意义!"当然,也有居民表示,鲁迅兄弟三个都在这里住过,宅院应该保留,以后肯定有价值。

至于新建中学校园,因为周氏兄弟旧居处于学校中心地区,当然不能有高楼。北京市西城区政协委员有一份提案说:"此处原为胡同区,如盖大体量高楼势必与周围环境格格不入,破坏历史形成的胡同格局与风貌;新建中学清一色若是高大的教学楼,毫无建筑特色。如将准备迁来的三十五中学建设成为低层的仿四合院式的建筑群落,将不仅保护原有的胡同格局而且与周氏旧居相得益彰,凸显出西城区的人文色彩。"对此提案,北京市规划委西城分局于2009年4月30日做了回复,称该项目方案2008年即已通过北京旧城风貌保护与危房改造专家顾问组的论证。规划前期研究过程中,罗哲文、宣祥鎏、谢辰生、傅熹年、徐苹芳、王世仁、柯焕章、边兰春等规划、文物专家多次到现场实地勘察,指导方案的修改和完善。方案充分考虑了旧城历史风貌的保护,用围合式的建筑形式对整个方案进

八道湾十一号大门

八道湾十一号后院

行布局；根据历史资料对鲁迅家族旧居予以尽可能的保护复原；对前公用胡同41号、43号、45号三处文物普查院落予以保留；为尽可能地保护前公用胡同肌理，将前公用胡同沿线平房进行了修整和复建；并通过过廊，铺装等方式对八道湾胡同肌理、走向和区域历史记忆予以保留和标识；同时，通过对建筑退台、色调、坡屋顶等细部处理，使教学楼与鲁迅家族旧居更好地协调和过渡。

无论如何复原，拆迁后，这个地区的胡同肌理肯定会大大改变。虽然在总体规划中考虑了这一点，在学校院内用转了几道弯的回廊演示胡同的格局，并在路上立牌说明，周边也保留了几座四合院与之呼应。但纪念馆设在校内，观众进出不便，怎样解决维持教学秩序、保障安全与免费开放、服务社会之间的矛盾，是一个问题。当初，北京阜成门内宫门口西三条鲁迅旧居旁为建博物馆，拆掉周围大片民房，只保留半截胡同，现在观众只能靠照片、绘图来想象当年鲁迅在此居住时的情形了。八道湾十一号周边环境，今后也只能靠这种办法模拟得之。

2013年5月，我下决心把停滞已久的《八道湾十一号》写成，算是为这所院落留下一个记录。我的书主要写八道湾周宅的主要人物和重大事件。我就周氏三兄弟在这里的合作事业写了一章"文学合作社",就鲁迅的文学成就专列一章"《阿Q正传》",就鲁迅周作人决裂写了"离散",就周作人附逆写了"刺客"和"周公馆",就周宅的日常生活写了"求学和就医",自然,少不了写家庭成员和中外宾客。

五

八道湾十一号建成后,需要挂一个牌匾。我提出"周氏兄弟旧居"的建议,得到各方赞同。名称既定,学校想请个有名的书法家题匾。书法家希望知道如此命名的缘由,并提出为什么不用"周氏家族旧居"之名。应学校负责人之约,我特地写了一封信给书法家:

> 前天接北京第三十五中学朱建民校长电话,得知您将为该校新址上的"周氏兄弟旧居"题写匾额,不胜欢欣。
>
> 我在北京鲁迅博物馆工作有年,对周氏兄弟学问文章稍有涉猎,一向关注新街口八道湾十一号周宅的保护和利用,最近写成叙述该院落变迁史的专书《八道湾十一号》,出版在即。承朱校长不弃,屡次邀我到学校实地参观,并参加相关论证会。我觉得,中学

校园容纳周氏宅院,辟为旧居,布置展览,辅以书院,学校既得人文教育核心区,鲁迅兄弟旧居又得到充分利用,可谓保护有力,使用得当,两全其美。此中详情,想朱校长已向您汇报。今就八道湾十一号旧居的命名略作说明。

八道湾十一号在鲁迅、周作人、周建人三兄弟人生行迹中占有重要地位。他们一起生活的岁月,除青少年时代在绍兴的十几年,及鲁迅、周作人从日本回国后在绍兴任教的短暂时期外,就是在八道湾这个院子里的几年。八道湾时期,周氏兄弟享盛名于文坛,故该院落被视为新文学的一个重镇,对于研究文学史、北京文化等都有重大意义。

当初,北京市西城区政协的程刚副主席、三十五中朱校长和我一起商量为这个纪念设施起名时,从"鲁迅旧居"、"周氏兄弟旧居"、"周氏三兄弟旧居"、"周氏家族旧居"等名目中选择了"周氏兄弟旧居",大致有如下考虑:

一,北京、上海、绍兴等地已经有了鲁迅旧居,特别是北京,离八道湾不远,是阜成门宫门口西三条鲁迅旧居,就在北京鲁迅博物馆院内;而绍兴的鲁迅故里包括了鲁迅祖居,有周氏家族的台门。为了突出

八道湾十一号的特色,以周氏兄弟命名较为恰当;

二,周氏兄弟是中国现代文学史上一个专有名词。中国历史上以父子或兄弟文豪著称的,文学史一般都在其姓前冠以数字,如魏的"三曹",晋的"二陆",宋的"三苏",明的"三袁"等等。周氏兄弟在八道湾居住时期,曾有日本人称其为"周三人",但这个称呼并没有叫响,也没有变成符合汉语习惯的"三周"。"周氏兄弟"的称呼,先由刘半农等人发起,渐渐流行,现已进入文学史。一提起这个名号,稍有现代文学史知识的人,就知道是鲁迅兄弟。现今有些高校的文学院还开设"周氏兄弟比较研究"之类的课程,这方面的专著也有不少。而把三兄弟的人生历程合叙的书,最早的一本,是后学十几年前撰写的《度尽劫波——周氏三兄弟》,后来再版,书名简化为《周氏三兄弟》。特奉上一册,请您指正。周氏兄弟之名,既然在文学史上有知名度,而且同八道湾的关系又如此紧密,以"周氏兄弟"命名容易让人产生联想,似更贴切。"周氏家族"则显得笼统。中国姓周的名人很不少,而且好多还在文学史之外,如湖南道州和江西濂溪的理学家周敦颐,江苏淮安和浙江绍兴的政治家周恩来,江苏和山东还有"周庄"、"周村"

之类名胜。如称"周氏家族旧居",人们可能搞不清楚究竟是哪一个"周"。这个院落虽然住过一个大家族,十几口人,但用"兄弟"二字,突出的是其中的三个主要人物。为了更切近现代文学史上的约定俗成,今将"三"字去掉,就有了"周氏兄弟旧居"这个名目。

如今,"周氏兄弟旧居"匾额已然挂在八道湾十一号周宅门楣上。

六

周宅整修一新,成为"周氏兄弟旧居",很多房间可用来陈列鲁迅兄弟们的生平业绩,而院内景观的布置也相当重要。关于这个问题的研讨会我虽然没有参加,但也特意写了一封信给学校负责人,对方案提供一些意见和建议:

> 关于院内的地面铺设、花草栽植及后院的荷花池开凿,设计方案秉承了尽力符合历史原貌的宗旨,这种努力值得肯定……
> 一般来说,读者、观众对鲁迅、周作人的著作比较熟悉,已经有了充分的知识储备,他们希望拿书本

上读到的"草木虫鱼"在这里得到印证,从而获得历史感和亲切感。旧居中的花木,因为历经百年沧桑,前后变化很大。我觉得应该以上世纪20年代初鲁迅在此居住时期的情形做复原性栽植。但因为设计师不太熟悉史料,故这个方案对一些树木的定位不准确。下面根据有关记载,从正门开始自南向北做一简述:

大门外是几棵槐树;大门口原有影壁,旁边有一棵枣树,后来拆除影壁盖成小房子,枣树被拔掉;前院最西三间是客房,门前有一棵杏树;其东边三间曾为鲁迅住室,有人说鲁迅在这里创作了《阿Q正传》。门前有两棵丁香,系鲁迅手植,有照片为证。根据回忆录,1956年10月,这两株丁香还在。有一天,周作人送客出门,走到这里,对客人说:"这是家兄种的。"鲁迅1924年搬到西三条二十一号后,也在院内种了两株丁香,至今八十多年了,仍极茂盛。这些丁香和杏树的对面,自西向东,依次是枣树、松树、杨树和槐树,其中松树系鲁迅亲手种植。中院南侧自西向东有丁香和柳树,北侧与南侧相同,惟西头多了一棵枣树;老虎尾巴的西侧是丁香和槐树。后院自西向东是槐树、黄刺梅、丁香和柳树。这柳树在乌克兰诗人爱罗先珂住过的客房门前。爱罗先珂回国前还栽过杏树，资料记载是在"东侧的路旁"，但这里后来修了房子，杏树也就不存在了。现在拆掉了后来搭建的房子，是否考虑补栽，请酌。此外还有一些小树种，如后院西南角曾有一株花椒。花椒和黄刺梅，西三条鲁迅旧居后园里也有。

院内还有一个重要景观，方案也做了详细的设计，就是后院的荷花池。……因为后院地势低，夏天容易积水，主人因势利导，挖了一个水池。水池并不居中，而在偏东的三间客房前面。鲁迅《鸭的喜剧》中有所描述，爱罗先珂在《小鸡的悲剧》中也提到这个水池。池子虽小，但名声颇大，值得下功夫恢复旧观，种上荷花，养起蝌蚪，很有趣味。鲁迅和他的弟弟们喜欢莲花。他早年写诗赞美其高洁："扫除腻粉呈风骨，褪却红衣学淡妆。好向濂溪称净植，莫随残叶堕寒塘！"

荷花池应尽量朴素，不宜堆砌精美或奇怪的石料，而应以普通砖石为主。相应的，院内地面铺设也以朴素大方为宜。

八道湾十一号周氏兄弟旧居的保护和利用，今后要做的工作很多：建设各种配套设施（包括旁边的鲁迅书院也就是学校的图书馆),制作有关鲁迅兄弟三人的生平特别是他们在此地生活时期的业绩的展览,既尊重史实,又贴近观众,还可以设计一些有利于教学的互动项目,播放与三兄弟相关的影视资料,对学生进行历史文化教育,本校学生——扩大到西城区乃至全市的学生——可以在旧居或者鲁迅书院里阅读和讨论三兄弟的著作,针对中学生编辑周氏三兄弟作品读本,请专家来做深度讲解……

八道湾十一号周氏兄弟旧居保护和利用的前景值得期待。

(2015年7月《长沙晚报》连载)

鲁迅与日本人

一

鲁迅早年留学日本,平生交往日本人很多,有友情的佳话,也有一些误解,情形复杂,不能简单地以"鲁迅爱日本"、"鲁迅亲日",乃至"鲁迅有汉奸嫌疑"来概括。

1933年,鲁迅的日本弟子增田涉离沪回国,鲁迅写诗送别:

> 扶桑正是秋光好,
> 枫叶如丹照嫩寒。
> 却折垂杨送归客,
> 心随东棹忆华年。

鲁迅对日本怀有深刻的记忆。他的几个最要好的朋友是在日本结识的，他怀念留学日本时期的生活，其实是怀念"华年"和与华年相连的友情、亲情。鲁迅在日本当然也有不愉快的经历，也受过蔑视歧视。但随时光流逝，记忆中美好的东西留存，并且渐渐放大，也属人情之常。中国读者都熟悉的鲁迅在日本学医期间遇到的一位老师藤野先生，为人善良，勤恳，不傲慢，善体贴，又尊重中国文化，其品格，就像鲁迅的小时候就读的三味书屋的教师寿先生一样，"方正"、"质朴"。鲁迅在回忆录中，虽然对在日本经历一些人事表达了不满，但主要笔墨用在赞扬和感激藤野先生，由此可见鲁迅的平正态度和仁厚之心。晚年，一位日本翻译家编辑他的著作，准备翻译成日文，写信征求他的意见，他特别叮嘱将《藤野先生》译出来收入文集。通过这件事，日本朋友也看到鲁迅有温情、重恩义的一面。

鲁迅在上海期间，也悉心照顾日本弟子，可以说是对他以往所受恩惠的报答。增田涉为了翻译他的《中国小说史略》来到上海，几个月时间里，几乎每天到他的住处，请教翻译的细节，听取鲁迅的意见。回国后又以通信的方式讨论问题，信件积起来一大堆，正像当年藤野先生为鲁迅校正课堂笔记一样。这种关系，可以表征鲁迅与日本人交

鲁迅与铃木大拙等合影

往的格局和性质：注重学术交流，进行有恩有义的普通人民之间的交往。

二

鲁迅在北京期间交往的日本人中，以日本《北京周报》记者清水安三为比较亲密。清水多次到八道湾周宅采访鲁迅和周作人。1922年7月1日，清水安三还到八道湾周宅小住，次日由周作人送俄国盲诗人爱罗先珂和清水安三一同离京，因北京东站没有发车而回还，7月3日才送走。1922年11月24、25和27日，清水以"如石生"的笔名在日本《读卖新闻》"支那的新人"专栏发表《周三人》一文,介绍鲁迅、周作人、周建人三兄弟。其中对鲁迅的评价很高:"盲诗人爱罗先珂(Eroshenko)推崇周树人为中国作家第一人,我也持这种观点。正当上海文士青社的每个人都在就《聊斋》中那些未写好的故事随随便便写文章的时候,发表了唯一称得上是创作作品的人,实际上就是周树人。"1923年1月20日鲁迅日记记载:"晚爱罗先珂与二弟招饮今村、井上、清水、丸山四君及我,省三也来。"鲁迅与周作人失和后,要搬出八道湾寓所,还请清水向在北京的日本人借了汽车,运送行李。晚年,清水在日本办学,致力于中日文化交流,写了《值得爱戴的大家:鲁迅》(1967年)、《回忆鲁迅》(1968年)、《怀念鲁迅》(1976年)等文,表达了对鲁迅的怀念之情和崇高敬意。他还珍藏了鲁迅为他写的佛偈"放下屠刀,立地成佛。放下佛经,立地杀人",做成卷轴,装以木盒,并在盒盖内侧题写了这样的话:"朝花夕拾 安三 七十七。此书是周树人先生之真笔也,思慕故人不尽。添四个字在此,这是鲁迅先生书名也。"

清水安三钦佩鲁迅,还有一个因素,就是喜欢鲁迅性格中直率的一面。用清水的话说,鲁迅人格中留给他印象最深刻的是"为人非常善良,但直言不讳"。日本喜爱中国文化的人，对于中文最雅致的形式——（旧体）诗——特别倾心，诵读之余，总想尝试制作。清水也是如此，他把自己的诗作拿给中国朋友看，除了寻求指正外，自然也愿意听到鼓励的话。可是有一次却被鲁迅当头泼了一桶冷水。清水请鲁迅修改自己写的汉诗，鲁迅几乎一字不落地做了修改后，劝解清水道："你不要做汉诗了，日本人不适合做汉诗。"鲁迅认为日本人写的汉诗只讲道理，没有诗趣。清水深受触动，后来多次向人讲述这个情节。可以想见，假如是请教周作人，可能得到的是一番客气或委婉之词。

北京时期，鲁迅与日本人的交往，大多是学术交流和一般应酬，例如青木正儿曾到北京，与鲁迅见过面，后来也有通信，鲁迅保存了青木的明信片，青木正儿也保存了鲁迅的信件。又如，片上伸教授来北京演讲，鲁迅也去听讲。还有日本朋友到鲁迅的居所观看他收藏的金石拓片，鲁迅还曾赠送日本朋友一些藏品。

因为鲁迅和弟弟周作人都留学日本，而且他的两个弟弟娶了日本妻子，全家与日本人保持亲密的关系。鲁迅从小家庭深受中医之苦，认为父亲的病是被中医（庸医）耽误的，所以到日本立志学习西医，虽然中途退学，改从文艺，但笃信西医，终生不移。鲁迅在北京时期因为政局不稳，有时言论出格，遇到危险，除了德国医院法国医院，就到日本医院。至于看病，他更愿意看日本医生。北京有了离家较近的日本医院后，全家几乎都看日本医生了。到了上海也如此。晚年多病，他一般到日本人开的医院就医，或者请日本医生到家里来诊治。须藤五百三1933年7月开始为鲁迅家看病，此后几乎是作为唯一的主治医为鲁迅诊疗，有时还带着他的儿子出诊。鲁迅一度病情非常严重，几位要好的朋友劝他看看其他医生，鲁迅不愿意。有一次，史沫特莱等瞒着鲁迅请了德国邓恩医师来为他检查。邓恩医生的检查和诊断是准确的。即便如此，鲁迅仍不愿住院，不愿更换主治医师。直到去世，他对须藤的信赖没有改变。后来有人责难须藤医术不高明，发生了误诊；更有人怀疑他心术不正，害死了鲁迅。当然也有人埋怨鲁迅过于信任日本人。但如鱼饮水，冷暖自知，鲁迅喜欢让日本医生为自己治病，自有他的道理，人们应该尊重他的选择。君不见，便是现在，不也有中国人选择到日本看病吗？

三

日本民族的优点，鲁迅在日本见识到并深有感触，主张中国人多向日本人学习。去世前不久，还对日本朋友内山完造说，中国人的问题在于不认真，患了马虎的病，病得很重；日本有医治这病的良方，自己病好了以后，一定要写文章,讲讲这个意见。

但鲁迅也不是一味崇拜日本。他对于国与国之间的文化交流持有平和的态度,不妄自尊大,也不妄自菲薄。在日本留学时,他曾写信给朋友说:"惟日本同学来访者颇不寡,此阿利安人亦殊懒与酬对,所聊慰情者,廑我旧友之笔音耳。近数日间,深入彼学生社会间。略一相度,敢决言其思想行为决不居我震旦青年上,惟社交活泼,则彼辈为长。以乐观的思之,黄帝之灵或当不馁欤。"所谓"阿利安人"就是优等民族。有些日本学生因为本国战胜中国,自视为优等民族,看不起中国人,鲁迅很不以为然,他的自信心是充足的。

鲁迅在日本的时候,通过日语阅读俄国、欧洲的文学作品,对日本文学并不感兴趣。他和弟弟合作翻译的《域外小说集》多为俄国东欧作品。值得注意的是,兄弟两个在日本期间都积极学习西方文字,周作人英文好,又学习了古希腊文;鲁迅通德文,还动过学习法文的念头。此外两人都曾发愿学习俄文,约了几位同志组建了俄语班,后因种种原因没有坚持下去。鲁迅可以通过日文翻译外国文学作品,但他意识中还是觉得最好亲自学习西文。晚年更是痛切感到了这一点,给青年人传授经验,并提出建议。如1934年7月27日给唐弢的信:"日本的翻译界,是很丰富的,他们适宜的人才多,读者也不少,所以著名的作品,几乎都找得到译本,我想,除德国外,肯绍介别国作品的,恐怕要算日本了。但对于苏联的文学理论的绍介,近来却有一个大缺点,即常有删节,甚至于'战争''革命''杀'(无论谁杀谁)这些字,也都成为××,看起来很不舒服。所以,单靠日本文,是不够的,倘要研究苏俄文学,单要懂俄文才好。但是,我想,你还是划出三四年工夫来(并且不要间断),先学日本文,其间也带学一点俄文,因为,一者,我们先就没有一部较好的华俄字典,查生字只好用日本书;二者他们有专门研究俄文的杂志,可供参考。"1934年6月8日又写信给陶亢德道:"我的意见,是以为日文只要能看论文就好了,因为他们绍介得快。至于读文艺,却实在有些得不偿失。他们的新语,方言,常见于小说中,而没有完备的字典,只能问日本人,这可就费事了,然而又没有伟大的创作,补偿我们外国读者的劳力。学日本文要到能够看小说,且非一知半解,所需的时间和力气,我觉得并不亚于学一种欧洲文字,然而欧洲有大作品。先生何不将豫备学日文的力气,学一种西文呢?"

对于日本的学术,鲁迅也是有所警惕的。尤其是别有用心的所谓"学者",貌似深知中国,实事求是,其实不免以偏概全,断章取义,甚至无中生有。他的老师章太炎曾经批评过日本学界惯于"捏造事迹",这种捏造,"中国向来没有的,因为历史昌明,不容他随意乱说;只有日本人,最爱变乱历史,并且拿小说的假话,当做事实。"鲁迅曾经看到一本研究中国小说的书,通过小说研究中国的民族性,内中有不少根据、想当然的推断。鲁迅读到后,写文章严厉批评。后来到上海还耿耿于怀,并且联系其他日本汉学家的著作,对日本此类研究做了总体评价。他在1933年10月27日写信给陶亢德说:"《从小说看来的支那民族性》,还是在北京时买得,看过就抛在家里,无从查考,所以出版所也不能答复了,恐怕在日本也未必有得买。这种小册子,历来他们出得不少,大抵旋生旋灭,没有较永久的。其中虽然有几点还中肯,然而穿凿附会者多,阅之令人失笑。后藤朝太郎有'支那通'之名,实则肤浅,现在在日本似已失去读者。要之,日本方在发生新的'支那通',而尚无真'通'者……"1932年1月16日他在给增田涉的信中说:"日本的学者或文学家,来中国之前大抵抱有成见,来到中国后,害怕遇到和他的成见相抵触的事实,一遇到就回避。这样来等于不来,于是一辈子以乱写告终。"

四

鲁迅晚年与日本友人交往,惯常采用赠送自己诗作的方式，日本朋友以得到大文豪的手迹为荣。除了本文开头提到的赠送增田涉的诗表达怀念留学生活外，还有"文章如土欲何之，翘首东云惹梦思"，"岂惜芳馨遗远者，故乡如醉有荆榛"以及给日本画家写的"愿乞画家新意匠，只研朱墨作春山"等，给人的总体感觉是在中国生活很不惬意，因而怀念日本。这些诗句的确有这样的意思，表现了鲁迅对中国现状的失望。但这其实是鲁迅一贯的"哀其不幸，怒其不争"的情绪反应，并非对日本情有独钟。他是真正爱中国这片土地的。

日本学者野口米次郎路过上海，与鲁迅有一次较为深入的谈话。他对鲁迅这样描述："鲁迅并不像想象的那样畏首畏尾，这使我很高兴。他那不加梳理的头发，很不整齐。不加修剪的胡须，衬着灰黄的脸，并不怎么吸引人。见面寒暄时露出一口整齐的牙齿，却很好看。带着皱纹的稍小的眼睛，含有一种说不出的亲切感。鲁迅即使在寂寞的时候，也能笑出来，使人感到很像一株老梅。"鲁迅在谈话中不满地说："日本人不了解中国。"野口问鲁迅"政府对你的压迫，还是那么重么？"鲁迅回答道："在中国，其他国家行得通的事情是行不通的；而其他国家不大可能的事情，在这里却是可能的。我不知道现政府为什么这样讨厌我，大概是因为我的正直不合他们的心意吧！我总希望中国稍微好一些,可政府的官员却以为现在这样就不错。我可怜我的同胞,曾努力使他们能聪明一点;政府的官员却以为这样就可以了。我担心中国的将来,可那些官员们却只顾眼前。"谈话中,野口提出一个很刁钻的问题,"谁来管理中国更好"——是外国人还是中国人:"鲁迅先生,中国的政客和军阀总不能使中国太平,而英国替印度管理军事政治倒还太平,中国不是也可以请日本来帮忙管理军事政治吗?"鲁迅的回答是:"这是个感情问题吧!同是把财产弄光,与其让强盗抢走,还是不如让败家子败光。同是让人杀,还是让自己人杀,不要让外国人来砍头!"

野口后来写了一篇报道,引用了鲁迅的谈话。鲁迅读后,觉得与自己的观点有出入,在给日本友人的信中表达了不满:"和名流的会见,也还是以停止为妙。野口先生的文章,没有将我所讲的全部写进去,所写部分,恐怕也为了发表的缘故,而没有按原样写。……我觉得日本作者与中国作者之间的意见,暂时尚难沟通,首先是处境和生活都不相同。"

"九·一八"事变后,鲁迅是坚决主张抵抗的,对中国军队的溃败感到痛愤,对政府组织抵抗不力冷嘲热讽,写了《"友邦惊诧"论》一类的文章。他早期交往的清水安三、上海时期交往的铃木大拙等人都是爱好和平、反对战争的人士。"一·二八"战争期间,日本生物学家西村真琴博士在闸北三义里的废墟上捡到一只饥饿濒死的鸽子,带回大阪饲养,希望这只来自中国的鸽子能和日本的鸽子生育后代,送回中国作为和平使者。可惜的是,这只鸽子第二年就死了。西村博士及亲友们立冢掩埋了它。出于对鲁迅的景仰,西村博士写了一封信,连同自己画的鸽子图,一并寄给鲁迅,请求鲁迅写些文字。鲁迅写了七律《题三义塔》:"奔霆飞焰歼人子,败井颓垣剩饿鸠。偶值大心离火宅,终遗高塔念瀛洲。精禽梦觉仍衔石,斗士诚坚共抗流。度尽劫波兄弟在,相逢一笑泯恩仇。"表达了中日友好的心愿。

五

要说鲁迅与日本人的交往,就不能不说内山完造。

鲁迅到上海的第三天,就到内山书店购书。后来与书店老板内山完造相识并成为朋友。鲁迅常在这家书店和国内外友人漫谈,接待生客。内山书店也是鲁迅对外的联络地址,代鲁迅收转信件。内山完造还曾帮助鲁迅一家避难。内山的书店开始销售基督教的福音书,后来销售一般日文书籍,再后扩展经营中文书籍。1932年起,内山书店成了鲁迅著作代理发行店,还出售当局禁止的其他进步书

鲁迅与内山完造

籍。内山书店的书籍敞开陈列，读者可以随手翻阅，店堂里摆着长椅和桌子，读者可以坐着看书。在书店外的人行道上设茶缸，免费向过往行人供应茶水。内山书店不管金额大小，无论国籍（包括中国人），读者都可以实行赊账。

当时，虹口四川北路一带是上海文化界人士居住最集中的地方，内山结识了不少中国文化界进步人士，并与其中不少人结下了深厚的友谊，如鲁迅、郭沫若、田汉等人。从1927年10月首次去内山书店购书到1936年逝世止，鲁迅去内山书店五百次以上，购书上千册。内山四次掩护鲁迅避难；郭沫若、陶行知遭通缉，他帮助避居；周建人、许广平、夏丏尊等被捕，经他悉心营救获释。他帮助鲁迅举办三次木刻展和一次木刻讲习班；方志敏在狱中写给党中央的报告、北平东北大学地下党组织转给鲁迅的信等都由内山书店转交。鲁迅逝世后，内山完造发起募集"鲁迅文学奖"，被聘为日文版《大鲁迅全集》编辑顾问。他的著作有《活中国的姿态》《上海漫话》《上海夜话》等。

鲁迅与内山完造如此亲密，引起外界议论纷纷。例如苏雪林就这样说："内山书店，乃某国浪人所开。实一侦探机关，前者道路流传，不忍听闻（见《文艺座谈》），鲁迅即不爱惜羽毛，嫌疑之际，亦当有以自处，乃始终匿迹其间，行踪诡秘，所为何事？且反帝之人而托庇日本帝国主义势力之下，其行事尤为可耻。李大钊革命革上绞台，陈独秀革命革进牢狱，鲁迅革命革入内山书店，此乃鲁迅独自发明之革命方式也。嘻！"鲁迅在给山本初枝的信中，谈到有些文人的造谣时说："我依旧被论敌攻击，去年以前说我拿俄国卢布，但现在又有人在杂志上写文章，说我通过内山老板之手,将秘密出卖给日本,拿了很多钱。……在中国的所谓论敌中有那么卑劣的东西存在,实在言语道断。"1934年5月15日鲁迅致杨霁云信,谈到自己被污为"汉奸"一事说:"汉奸头衔,是早有人送过我的,大约七八年前,爱罗先珂君从中国到德国,说了些中国的黑暗,北洋军阀的黑暗。那时上海报上就有一篇文章,说是他之宣传,受之于我,而我则因为女人是日本人,所以给日本人出力云云。这些手段,千年以前,百年以前,十年以前,都是这一套。叭儿们何尝知道什么是民族主义,又何尝想到民族,只要一吠有骨头吃,便吠影吠声了。其实,假如我真做了汉奸,则它们的主子就要来握手,它们还敢开口吗?"

六

鲁迅对日本帝国主义侵略中国是愤恨的,对中日关系有一些独到的看法。对两国政治家宣称的"亲善",鲁迅说:"中国没有军备。没有力量的均衡就没有真的亲善。"他还说:"对现在的中国人来说,与其说日本是敌人,不如说政府更是敌人。日本方面以为蒋介石是抗日的首领,中国人却认为他是日本的朋友,日本方面给了他很多好处。中国人如果当奴隶就安心当奴隶,现在的中国连奴隶也当不了，有的只是一片混乱。"

鲁迅还曾严厉批评日本军国主义政府宣扬的所谓"亚细亚主义"：

> 日本想用所谓的"亚细亚主义"一词，来与中国取得一致。但是，日本用军队来维持中国的时候，中国就已经是日本的奴隶了。我想，日本打出"亚细亚主义"的幌子，也只是日本的一部分人的想法，这并不是日本人民说的话。
>
> 日本人也与中国人一样，不能自由地说话吧？即使对"亚细亚主义"，日本的人民与中国的人民也不可能以同样的想法接近。中国，必须由中国人自己走出路来！

鲁迅与日本人的交往，是平和的、诚恳的普通人之间的交往。增田涉回国后，一直与鲁迅保持通信联系。当听说鲁迅身体不好，特意到上海看望。他看到鲁迅瘦削的面容，说话有气无力的样子，十分难过。鲁迅陪他吃了一点饭，因体力不支先上楼休息。增田看着老师的背影，预感到这可能是最后一面了。他临走的时候，鲁迅赠送他礼物，看到家人包装得不好，执意打开重新包装，一丝不苟，令增田涉感动不已。增田涉在回忆录中写道:"就我个人来说,直到现在所接触过的人——当然日本人也在内——和鲁迅比较起来,在为人上我最尊敬他,对他感到亲爱。这我多次对人说过,现在还是这样想。"

(原载于《国家人文历史》2016年第12期,题目改为《鲁迅对中日关系的态度》,《新华文摘》2016年第18期转载,题为《鲁迅与日本人》)

鲁迅与图画书

鲁迅不但是杰出的文学家,而且也是一位美术收藏和鉴赏家,中国现代新兴版画的倡导者。他一生收藏原拓中国现代版画两千多幅、原拓外国版画两千多幅、中国古代金石拓片六千多件;购藏中外艺术类书刊六百多种;创办"木刻讲习班",培养了中国第一代现代版画家,举办多次版画展览,支持和指导十余个美术社团,编辑出版中外美术书刊十余种,设计书刊封面六十多个,题写书名三十多种,发表大量论中外美术的文章,翻译多种国外艺术理论书籍和论文。这些成绩很好地体现了他与美术的亲密关系。

一

从童年时代起,鲁迅就特别喜爱图画书。汉字造字有象形之法，中国书法即具图画性，这么说来，中国的图画应该十分发达。然而，中国的图画书，尤其是适用于儿童的图画书，却并不丰富。鲁迅幼年时代，科举考试是读书人的唯一出路，学生必须死记硬背古代经典。鲁迅曾回忆说：

> 自从所谓"文学革命"以来，供给孩子的书籍，和欧，美，日本的一比较，虽然很可怜，但总算有图有说，只要能读下去，就可以懂得的了。可是一班别有心肠的人们，便竭力来阻遏它，要使孩子的世界中，没有一丝乐趣。……每看见小学生欢天喜地地看着一本粗拙的《儿童世界》之类，另想到别国的儿童用书的精美，自然要觉得中国儿童的可怜。但回忆起我和我的同窗小友的童年，却不能不以为他幸福，给我们的永逝的韶光一个悲哀的吊唁。我们那时有什么可看呢，只要略有图画的本子，就要被塾师，就是当时的"引导青年的前辈"禁止，呵斥，甚而至于打手心。我的小同学因为专读"人之初性本善"读得要枯燥而死了，只好偷偷地翻开第一叶，看那题着"文星高照"四个字的恶鬼一般的魁星像，来满足他幼稚的爱美的天性。昨天看这个，今天也看这个，然而他们

的眼睛里还闪出苏醒和欢喜的光辉来。(鲁迅:《朝花夕拾·二十四孝图》)

鲁迅算是幸运的,他的长辈给他提供了比较宽松的环境。可惜那时的孩子们能公开翻看的,不外乎《文昌帝君阴骘文图说》和《玉历钞传》,上面画着冥冥之中赏善罚恶的故事,雷公电母站在云中,牛头马面布满地下,看得多了,也就厌倦。此外,就是《二十四孝图说》之类宣扬孝道的图画书。鲁迅的一位长辈送了他一部,他的阅读感受是先喜悦后失望:"我于高兴之余,接着就是扫兴,因为我请人讲完了二十四个故事之后,才知道'孝'有如此之难,对于先前痴心妄想,想做孝子的计划,完全绝望了。"书中有些教导孩子孝顺的故事太不近情理,让孩子们反感。

图画书内容必须有趣而且有益,能让儿童获得美感和好感,引发他们阅读的兴趣,从而发挥潜移默化的教育作用。

鲁迅不满足这些低俗的图画读物,他少年时代有一个时期,搜求图画书到了痴迷的程度。儿童读物少,他在成年人读的书里发现了一个新天地。起初,买图画书是秘密进行的。鲁迅的小弟弟回忆说,有一天,他的父亲见到兄弟们凑钱购买的讲绘画十八描法的《海仙画谱》，"这册十八描法藏在楼梯底下，因了偶然的机会为伯宜公（鲁迅的父亲周伯宜）所发现，我们怕他或者要骂，因为照老规矩'花书'也不是正经书，但是他翻看了一回，似乎也颇有兴趣，不则一声的还了我们了。他的了解的态度，于后来小孩们的买书看的事是大大的有关系的。"小弟弟还说，鲁迅"幼时很爱画，放学的时候我常常看见他去买画谱。他把过年时候的压岁钱等所得的钱，总去买画谱。向书坊要了目录来，看有什么可买的。"（周建人：《略讲关于鲁迅的事情·鲁迅放学回来时做些什么》）

鲁迅看过三国陆玑的《毛诗草木鸟兽虫鱼疏》，又见过日本冈元凤所作的两册石印《毛诗品物图考》，那些精美的图画让他大开眼界。图画书还让他对种植花木产生了兴趣，因为他可以按照书上的图示解说亲手操作。他在清代陈淏子编纂的绘图植物书《花镜》上面加了不少批注，有些是自己养花的经验。

《山海经》是中国古代一部想象海外奇异情状的书，里面画了很多神怪的图像：人面的兽，九头的蛇，一脚的牛，袋子似的帝江，没有头而"以乳为目，以脐为口"，还要"执干戚而舞"的刑天。鲁迅得知有这本书后，日思夜想，念念不忘，家中的保姆看他如此痴迷，就代他买来，他十分感动,终生难忘。

少年鲁迅陆续从家藏图书中又找到了《尔雅音图》《百美新咏》《越先贤象传》《剑侠传图》等,还有一些有插图的小说如《镜花缘》《儒林外史》《西游记》《三国演义》《封神榜》《聊斋志异》《夜读随录》《绿野仙踪》《天雨花》《义妖传》等(鲁迅:《且介亭杂文·随便翻翻》),以后又把借来的马镜江《诗中画》两卷,王冶梅《三十六赏心乐事》画册以及家藏《农政全书》残本中王盘的《野菜谱》全部影写了一遍。《野菜谱》谱录灾年人民充饥度荒的野菜标本,每一幅图上都有题赞,类似通俗歌谣,鲁迅特别喜爱。他还陆续买了不少石印画谱,如《海上名人画稿》《阜长画谱》《椒石画谱》《百将图》《点石斋丛画》《诗画舫》《古今名人画谱》《天下名山图咏》《梅岭百鸟画谱》《晚笑堂画传》及《芥子园画谱》等。鲁迅后来回忆说:"那时我还是一个儿童,见了这些图,便震惊于它的精工活泼,当作宝贝看。"(鲁迅:《南腔北调集·〈木刻创作集〉序》)

他不但喜欢看图画书,还养成了描画的兴趣。因为喜爱小说《荡寇志》里的绣像和像赞的字体,他特地买了"荆川纸"将其逐一影描下来,订成一册,约有一百多页,随后,又描画《西游记》一本。从描画逐渐发展为独立的绘画，他曾给小弟弟画过一个扇面，纯用墨画，画的是一块石头，旁生天荷叶即虎耳草，有一只蜗牛在石头上爬，还点缀些杂草。(周建人：《略讲关于鲁迅的事情·鲁迅放学回来时做些什么》)

这描画和抄写的功夫，使他日后受益颇多。在南京水师学堂和矿务铁路学堂读书时，因为教科书不足，很多科目都是教师把教科书内容写在黑板上，让学生照抄，其中的插图自然也要照样描下来。鲁迅在全班年龄最小，但抄录速度最快，有的同学课堂上来不及抄完，课后就托他代为补充。(张协和：《忆鲁迅在南京矿路学堂》，1956年10月19日《新华日报》)据二弟周作人回忆："金石学(矿物学)有江南制造局的《金石识别》可用，地学(地质学)却是用的抄本，大概是《地学浅说》刻本不容易得的缘故吧，鲁迅发挥了他旧日影写画谱的本领，非常精密的照样写了一部。"(周启明：《鲁迅的青年时代·鲁迅与中学知识》)在日本仙台医学专门学校学习时也是如此。缺课本，而且课程紧，学生如果不到场听课记笔记，以后再补记就很困难，尤其是经常用拉丁文和德文标示的骨骼名称，很难背记，所以鲁迅拼命用功学习和记笔记。他的骨学、血管学、神经学笔记本至今保存着，上面有很多人体构造图(日本平凡社《鲁迅在仙台的记录》第三章《在学时代的周树人》）。

即使在学习很繁忙的时候，鲁迅也没有忘怀图画书。在日本期间他购买了多册嵩山堂木版新印的《北斋画谱》。据周作人回忆："那时浮世绘出版的风气未开，只有审美书院的几种，价目贵得出奇，他只好找吉川弘文馆旧版新印的书买，主要是自称'画狂老人'的葛饰北斋的画谱，平均每册五十钱，陆续买了好些，可是顶有名的《北斋漫画》一部十五册，价七元半，也就买不起了。"〔周遐寿（周作人）：《鲁迅的故家·鲁迅在东京》〕晚年在上海，鲁迅又购买或受赠一些日本浮世绘。逝世前两年在给山本初枝的信中还为自己没有时间介绍浮世绘作品而苦恼：

> 日本的浮世绘师，我年轻时喜欢北斋，现在则是广重，其次是歌麿的人物。写乐曾备受德国人赞赏，我读了二三本书，想了解他，但最后还是不了解。然而，适合中国一般人眼光的我想还是北斋。我早就想引入大量插图予以介绍，但按目前读书界的状况，首先就办不到。贵友所藏浮世绘请勿寄下。我也有数十张复制品。愈上年纪人愈忙，现在连拿出来看看的机会也几乎没有。况且中国还没有欣赏浮世绘的人，我

自己的东西将来传给谁好,正在担心中。(鲁迅1934年1月27日致山本初枝)

二

因为有这些经验和美术修养,鲁迅担任北洋政府教育部社会教育司职员期间,非常重视美术教育,就可以理解了。

鲁迅参与了北洋政府教育部美术调查处的工作。据《教育杂志》第四卷第九期所载的《教育部附设美术调查处简章》,美术调查处的主要工作是调查本国和外国古代美术作品存佚情况、现存美术品之所在、现在美术家之制作品及搜集现在美术家的意见等。

鲁迅发表了《拟播布美术意见书》,指出了美术与现实的关系:"故作者出于思,倘其无思,即无美术。然所见天物,非必圆满,华或槁谢,林或荒秽,再现之际,当加改造,俾其得宜,是曰美化,倘其无是,亦非美术。故美术者,有三要素:一曰天物,二曰思理,三曰美化","可知美术云者,即用思理以美化天物之谓"(鲁迅:《拟播布美术意见书》,载《教育部编纂处月刊》第一卷第一册)。

鲁迅协助教育总长蔡元培举办了美术讲习会,并亲自讲课。美育理念当时很多人还不理解,因而听众不多,但鲁迅等人知难而进，具有开创之功。

鲁迅关注艺术教育，认为培养儿童的艺术才能非常重要。他翻译了日本学者上野阳一(1883—1957)的《艺术玩赏之教育》(《教育部编纂处月刊》第一卷第四、七两册)。他所在的社会教育司第一科负责筹办了全国儿童艺术展览会，共征集展品数十万件，精选后在教育部礼堂的十一个房间展示，历时一个月，观众一万多人。

在教育部他的同事中，不乏美术修养很高的人。如著名画家、篆刻家陈师曾，就是鲁迅的好友。民国初年，陈师曾的书画篆刻已大有成就，鲁迅十分欣赏。[周遐寿(周作人)：《鲁迅的故家·俟堂与陈师曾》]他多次收到陈师曾赠送的绘画和篆刻作品。后来陈师曾画了很多北京风俗场景，鲁迅给予很高评价。1933年，鲁迅在他和郑振铎合辑的《北平笺谱》一书中收录了陈师曾所画的"梅花笺""花果笺""山水笺"等32幅。鲁迅在该书的序言中这样评价陈师曾的艺术成就："及中华民国立，义宁陈君师曾入北京，初为镌铜者合作墨盒、镇纸画稿，俾其雕镂；既成拓墨，雅趣盎然。不久复廓其技于笺纸，才华蓬勃，笔简意饶，且又顾及刻工省其奏刀之困，而诗笺乃开一新境"(鲁迅：《集外集拾遗·北平笺谱序》)。

鲁迅工作之余，经常到琉璃厂购买古代金石拓片，虽因财力有限,不能大量购买,也不能多买精品,但他持之以恒,勤于寻找,成绩也很可观。他不是为赏玩而收藏,而是要进行研究。他在1935年11月15日给台静农的信中详细说明了自己选印汉画像的计划:"我陆续曾收得汉石画像一箧,初拟全印,不问完或残,使其如图目,分类为:一,摩厓;二,阙、门;三,石室,堂;四,残杂(此类最多)。材料不全,印工亦浩大,遂止;后又欲选其有关于神话及当时生活状态,而刻画又较明晰者,为选集,但亦未实行。"蔡元培后来评价道,"金石学为自宋以来较发达之学,而未有注意于汉碑之图案者。鲁迅先生独注意于此材料之搜罗"(蔡元培:《鲁迅先生全集序》),"他在北京时,已经搜辑汉碑图案的拓本。从前辑录汉碑的书,注重文字;对于碑上雕刻的花纹,毫不注意。先生特别搜辑,已获得数百种"(蔡元培:《记鲁迅先生轶事》,载《鲁迅先生纪念集》第一辑)。许寿裳也说:鲁迅"搜集并研究汉魏六朝的石刻,不但注意其文字,而且研究其画像和图案,是旧时代的考据家赏鉴家所未曾着手的。他曾经告诉我:汉画像的图案,美妙无伦,为日本艺术家所采取。即使是一鳞一爪,已被西洋名家交口赞许,说日本的图案如何了不得、了不得,而不知其渊源固出于我国的汉画呢"(许寿裳:《亡友鲁迅印象记·提倡美术》)。

三

鲁迅一生都孜孜不倦地提倡图画书。文学家的工具主要是文字,但他极力主张文学作品应该有插图。文学作品的插图,有助于读者理解人物和情节。他童年少年时代的经验告诉他,有插图的书是会受读者欢迎的。1935年5月22日,他在致孟十还的信中说:"欢迎插图是一向如此的,记得十九世纪末,绘图的《聊斋志异》出版,许多人都买来看,非常高兴。而且有些孩子,还因为图画,才去看文章,所以我以为插图不但有趣,且亦有益;不过出版家因为成本贵,不大赞成,所以近来很少插画本。历史演义(会文堂出版的)颇注意于此,帮他销路不少,然而我们的'新文学家'不留心。"文学作品中的插图,前后贯通,就成了"连环画"。鲁迅写道:

> 书籍的插画,原意是在装饰书籍,增加读者的兴趣的,但那力量,能补助文字之所不及,所以也是一种宣传画。这种画的幅数极多的时候,即能只靠图像,悟到文字的内容,和文字一分开,也就成了独立的连环图画。最显著的例子是法国的陀莱(Gustave Doré),他是插图版画的名家,最有名的是《神曲》,

《失乐园》,《吉诃德先生》,还有《十字军记》的插画,德国都有单印本(前二种在日本也有印本),只靠略解,即可以知道本书的梗概。然而有谁说陀莱不是艺术家呢?(鲁迅:《南腔北调集·"连环图画"辩护》)

因此,鲁迅注意搜集一种新式版画作品,即以几幅画汇成一帖的"连作"(Blattfolge)。他向读者推荐过多种:德国凯绥·珂勒惠支(Kathe Kollwitz)为霍普德曼的《织匠》(*Die Weber*)而刻的 6 幅版画,《农民斗争》(*Bauernkrieg*)金属版 7 幅,《战争》(*Der krieg*)木刻 7 幅,《无产者》(*Proletariat*)木刻 3 幅;德国梅斐尔德(Carl Meffert)作《士敏土》插图、为德译本斐格纳尔的《猎俄皇记》(*Die Jagd nach Zaren von Wera Figner*)所刻 5 幅木版图、《你的姊妹》(*Deine Schwester*)木刻 7 幅、《养护的门徒》木刻 13 幅;比利时麦绥莱勒(Frans Masereel)的《理想》(*Die Idee*)木刻 83 幅、《我的祷告》(*Mein Stundenbuch*)木刻 165 幅、《没字的故事》(*Geschichte ohne Worte*)木刻 60 幅、《太阳》(*Die Sonne*)木刻 63 幅、《一个人的受难》(*Die Passion eines Menschen*)木刻 25 幅;美国作家威廉·西格尔的《巴黎公社》(*The Paris Commune*,A Story in Pictures by William Siegel)木刻 15 幅及不到二百字的说

明；还有吉宾斯（Robert Gibbings）的《第七人》（*The 7th Man*），等等。他或购买原作，或购买原版图书，积极谋求翻印出版，思有益于中国读者。

连环画在中国的发展并不顺畅，因为有些人看不起这种形式，视之为"小儿科"。鲁迅写了《连环图画琐谈》，列举了连环图画的历史："古人'左图右史'，现在只剩下一句话，看不见真相了，宋元小说，有的是每页上图下说，却至今还有存留，就是所谓'出相'；明清以来，有卷头只画书中人物的，称为'绣像'。有画每回故事的，称为'全图'。那目的，大概是在诱引未读者的购读，增加阅读者的兴趣和理解。""但民间另有一种《智灯难字》或《日用杂字》，是一字一像，两相对照，虽可看图，主意却在帮助识字的东西，略加变通，便是现在的《看图识字》。文字较多的是《圣谕像解》《二十四孝图》等，都是借图画以启蒙，又因中国文字太难，只得用图画来济文字之穷的产物。"他还在《"连环图画"辩护》中说："我们看惯了绘画史的插图上，没有'连环图画'，名人的作品的展览会上，不是'罗马夕照'，就是'西湖晚凉'，便以为那是一种下等物事，不足以登'大雅之堂'的。但若走进意大利的教皇宫——我没有游历意大利的幸福，所走进的自然只是纸上的教皇宫——去，就能看见凡有伟大的壁画，几乎都是《旧约》,《耶稣传》,《圣者传》的连环图画,艺术史家截取其中的一段,印在书上,题之曰《亚当的创造》,《最后之晚餐》,读者就不觉得这是下等,这在宣传了,然而那原画,却明明是宣传的连环图画。"

四

鲁迅在《看图识字》一文中痛感当时中国出版的儿童读物比别国粗陋,批评制作图画书的出版社不负责任:"先是那色彩就多么恶浊,但这且不管他。图画又多么死板,这且也不管他。出版处虽然是上海,然而奇怪,图上有蜡烛,有洋灯,却没有电灯;有朝靴,有三镶云头鞋,却没有皮鞋。跪着放枪的,一脚拖地;站着射箭的,两臂不平,他们将永远不能达到目的,更坏的是连钓竿,风车,布机之类,也和实物有些不同。"粗制滥造,误人子弟。"于是他们长大起来,就真的成了蠢才。"(鲁迅:《且介亭杂文·看图识字》)

鲁迅编辑书籍杂志,注重质量和美感。上海时期编辑的《奔流》月刊,就是他自己设计封面并书写刊名。杂志的印刷与纸张都较一般刊物优良,每期均附有精美的插画,翻译的论著或作品大多有译者说明。据许广平回忆:"鲁迅初到上海,以编《奔流》花的力量为最多,每月一期,从编辑、校对,以至自己翻译、写编校后记,介绍插图或亲自跑制版所,及与投稿者通讯联系、代索稿费,退稿等等的事务工作,都由他一人亲力亲为。"(许广平:《鲁迅回忆录·为革命文化事业而奋斗》)鲁迅编书时,喜欢多加插图,如《莱夫·N.托尔斯泰诞生百年纪念增刊》专号的封面,不但有书名,而且还加上照片。内容方面力求插图丰富和美观,所需插图不但托周建人向"东方图书馆"去借,还托商务印书馆从外国去寻。有时为了制版,又担心污损了书籍,就购置双份图书,总是千方百计把书刊编得文图并茂。(许广平:《关于鲁迅的生活·鲁迅与中国木刻运动》)

鲁迅希望青年人一样看重并且努力于连环图画和书籍的插图,号召青年版画家学习西方的创作版画,刻画出时代风貌。他翻译《死魂灵》,深感中国读者会对书中一百年前的名物感到陌生,不易理解:

> 果戈理开手作《死魂灵》第一部的时候,是一八三五年的下半年,离现在足有一百年了。幸而,还是不幸呢,其中的许多人物,到现在还很有生气,使我们不同国度,不同时代的读者,也觉得仿佛写着自己的周围,不得不叹服他伟大的写实的本领。不过那时的风尚,却究竟有了变迁,例如男子的衣服,和现在

虽然小异大同,而闺秀们的高髻圆裙,则已经少见;那时的时髦的车子,并非流线形的摩托卡,却是三匹马拉的篷车,照着跳舞夜会的所谓眩眼的光辉,也不是电灯,只不过许多插在多臂烛台上的蜡烛:凡这些,倘使没有图画,是很难想象清楚的。(鲁迅:《且介亭杂文二集·〈死魂灵百图〉小引》)

因此,他尽力寻找《死魂灵》插图,终于得到俄国画家阿庚(1817—1875)于1847年完成的《死魂灵百图》,还找到该书第四版中所收录的收藏家蔼甫列摩夫所藏的3幅,甚至连那时的广告画和第一版封纸上的小图也不放过,后来又加上曹靖华寄给他的梭可罗夫画的12幅,集成一卷,于1936年7月以三闲书屋的名义自费印行。

同样,鲁迅也注重自己作品的插图,他每每得到木刻家为自己小说做的插图,就十分高兴,表示感谢,给以批评和鼓励。1934年,木刻家刘岘寄赠他《孔乙己》木刻连环画31幅。他回信说:"《孔乙己》的图,我看是好的,尤其是许多颜面的表情,刻得不坏,和本文略有出入,也不成问题,不过这孔乙己是北方的孔乙己,例如骡车,我们那里就没有,但这也只能如此,而且使我知道假如孔乙己生在北方,也该是这样的一个环境。"(鲁迅致刘岘信,载

《阿Q正传》木刻插图本后记,1935年6月未名木刻社版)他对同一位作者的阿Q形象木刻提出意见道:"阿Q像,在我的心目中流氓气还要少一些,在我那里有这么凶相的人物,就可以吃闲饭,不必给人家做工了,赵太爷可如此。"这类图画,连同他的评论,对我们理解他的作品很有帮助。

鲁迅对图画是那么喜爱,以至于便是平时写信,他也常常使用为中国传统文人所爱重的诗笺,既是对收信人的尊重,又兼书法、绘画之美,透出雅洁、活泼的情趣。

文学和美术是亲姊妹,西方神话将二者同归入缪斯之列。从鲁迅与图画书的关系中,我们可以深切感受到两姊妹之间的亲密。

2012年3月于北京

(收入《子どもと絵本》,宫泽文雄编,日本高城书房2015年版)

鲁迅与中国抗战版画

一

中国新兴版画是在鲁迅的倡导和培育下成长起来的，在抗日战争中达到成熟，其丰富的内容和高超的艺术水平在世界美术史上独树一帜。

1931年，日本侵略者发动"九·一八事变"，占领了东北三省。这一年8月鲁迅在上海举办木刻讲习会，被视为中国现代新兴版画的开端。"九·一八事变"当天，江丰、陈铁耕等就用油印机印刷抗日内容的小画报和木刻传单，张贴街头。在随后的"一·二八"战争中，中国军队在上海有力地阻击了日军，木刻工作者也同样积极参加战争动员活动。1937年7月，日本军队发动"七·七事变"，全面侵华，危亡时刻，中国军民奋起抵抗，与侵略者展开了长期的艰苦搏斗，最终取得胜利。鲁迅虽然没有看到日本帝国主义全面侵华战争的爆发，但他的影响——至少通过版画运动——贯穿抗日战争全过程。

鲁迅一生的最后几年，自费印行或为图书出版公司编选了近10部国外优秀版画家作品。他还举办展览，向中国艺术界和民众介绍外国优秀版画，特别希望艺术青年多接触外国版画原作，从中得到启发。1930年10月，鲁迅联合几位友人，在上海四川北路的一家日本店楼上开办了中国近现代史上第一个版画展览会——"世界版画展览会"。此后，他参与举办多个外国版画展览。

鲁迅信奉现实主义，主张"为社会而艺术"，是他提倡版画特别是木刻的原因之一。在为《凯绥·珂勒惠支版画选集》撰写的序目中，他赞赏珂勒惠支"以深广的慈母之爱，为一切被侮辱和损害者悲哀，抗议，愤怒，斗争；所取的题材大抵是困苦，饥饿，流离，疾病，死亡，然而也有呼号，挣扎，联合和奋起"。珂勒惠支关注德国民众特别是底层社会平民的生活，中国艺术家当能从中获得共鸣，因为她所刻画的场景正可移作中国人民现实处境的写照。

在木刻讲习会上，鲁迅让学员们观摩珂勒惠支刻画的战争场面，并透露给他们这样的信息：他曾委托朋友写信给珂勒惠支，请其刻画太平军的战斗场面。珂勒惠支收到

1936年10月8日，鲁迅在上海参观全国版画展览，同青年木刻家座谈。

了信，但表示自己不熟悉中国的历史，没有应命。鲁迅在课堂上展示的这位德国版画家的《农民战争》等作品，成为中国木刻工作者的范本，抗战时期一些刻画战斗场面的作品分明就有受珂勒惠支影响的痕迹。

二

1935年6月4日，鲁迅在《全国木刻联合展览会专辑》的序言中预言道：木刻"有更光明、更伟大的事业在它的前面"，并期待自己培养的木刻"前哨"，引来"无尽的旌旗蔽空的大队"。鲁迅为即将到来的全面抗战培育了一批版画艺术人才。很多深受鲁迅影响的木刻青年成为抗战版画的骨干。江丰、陈铁耕、黄山定是木刻讲习班学员；胡一川、陈烟桥是"一八艺社"成员；力群、曹白、叶洛是木铃木刻研究会的中坚；张望、金逢孙来自MK木刻研究会；刘岘、黄新波来自无名木刻社；段干青、金肇野是平津木刻研究会领军人物；李桦、赖少其、唐英伟、张影、刘仑、胡其藻等均为广州现代版画会的主将；罗清桢和张慧活跃在广东梅州地区，也曾得到鲁迅指导；野夫、温涛、沃渣、郭牧等是上海铁马版画社的成员。1938年10月1日，毛泽东、周恩来、林伯渠、徐特立、成仿吾、艾思奇、周扬等发起成立鲁迅艺术文学院。该院创立缘起说："培养抗战的艺术干部，在目前已是刻不容缓的工作"；学校以"鲁迅"命名，是"表示我们要向着他所开辟的道路大踏步前进"。艺术文学院设文学、音乐、美术、戏剧四个系。美术系由木刻家沃渣任主任，教员有江丰、沃渣、胡一川、张望、马达、力群、刘岘、陈铁耕、黄山定、叶洛等。

这就是为什么在抗战时期的版画作品中有那么多鲁迅形象的原因。在抗战期间，每逢鲁迅逝世纪念日都要举行

"一八艺社"举办木刻讲习班会合影

木刻展览。王琦在《从一帧鲁迅先生木刻像想起的——全国木展小感》（1943年10月重庆《新蜀报》）一文中提到，一次全国木刻展览，"一帧四色套版的鲁迅先生木刻像，挂在一间屋子的正中，黄的头发、蓝的衣服，容貌是那么和悦的，我在这帧像前看得呆住了。我仔细注视着先生的面貌，我觉得和八年前在上海八仙桥青年会四楼上第一次苏联版画展览会场里看见他和几个木刻工作者谈话时的神情没有什么两样，所可惜的是今天在空前扩大的一次全国木展会中，先生竟不能亲临会场，谆谆给我们指导和帮助了。"抗战期间，大部分木刻家能够忠诚而严肃地工作，恪守鲁迅"绝不马虎下刀"的信条,创造出精细周到的作品。

抗战胜利后,木刻协会总结成就,举办展览,编辑出版《抗战八年木刻集》,书名集鲁迅手迹,在扉页上用红色字体庄重地印上"仅以此书纪念木刻导师鲁迅先生逝世十周年"。

当然,抗战木刻中也出现了一些低劣的作品。内容上平庸无聊,形式粗糙,不讲究刀法、构图。鲁迅生前曾对只从理论出发,仿佛只有工人农民才能做绘画的题材,只有革命战斗才是爱国的观念进行了反拨。他不满普罗美术画工人"斜视眼,伸着特别大的拳头",说:"我以为画普罗列塔利亚应该是写实的,照工人原来的面貌,并不须画得拳头比脑袋还要大。"他晚年在国防文学的喧闹声中,写了《"这也是生活"……》一文,主张顾及全面的真实:"删夷枝叶的人,决定得不到花果。"吃西瓜时,也不必就一心想着中国土地像西瓜一样被割碎。战士要好好休息,如果整天哭丧着脸去吃喝,不多久,胃口就倒了,还抗什么敌。他总结道:"战士的日常生活,是并不全部可歌可泣的,然而又无不和可歌可泣之部相关联,这才是实际上的战士。"这一理念在整个抗战美术活动中都有很大的影响。力群的《这也是战士的生活》,画面上一位战士在战斗之余聚精会神地读书；雕塑家潘鹤制作的小战士抱着枪睡着了的作品，成为抗战美术的精品，都形象地阐释了鲁迅的理念。木刻工作者时时以鲁迅的话自励自警："木刻艺术已得到客观的支持，但就在这时要严防它的坠落和衰退，严防蛆虫。"他们牢记使命，不断纠偏，使木刻艺术在健康的道路上前进。

三

鲁迅的艺术理念不片面也不偏激。他主张中国艺术界既"绍介欧美的新作"，也"复印中国的古刻"，他称二者为中国新木刻的羽翼。他为中国新兴版画指明了发展方向："采用外国的良规，加以发挥，使我们的作品更加丰满是一条路；择取中国的遗产，融合新机，使将来的作品别开生面也是一条路。"

鲁迅重视古典版画传统和民间木刻资源的思想也得到他的学生们认真的学习和实践。1935年2月4日鲁迅曾写信给版画家李桦道："倘参酌汉代的石刻画像，明清的书籍插画，并且留心民间所赏玩的所谓'年画'，和欧洲的新法融合起来，许能够创出一种更好的版画。"延安鲁迅艺术学院的木刻工作者深入民众，吸收民间文艺的优长，创作出富有民族气味的人民喜闻乐见的作品，被称为"延安

李桦作《辱与仇》

古元作《运草》

画派"。他们努力扬弃欧化倾向，代之以民族和民间的线画造型，使木刻艺术独具陕北的地域特色，风格明朗、纯朴、清新。特别是古元，作品以阳刻为主，构图具有鲜明的民族和地方特色。

河南籍版画家刘岘曾寄给鲁迅一些开封地区的年画，鲁迅回信说："河南门神一类的东西，先前我的家乡——绍兴——也有，也贴在厨门上墙壁上，现在都变了样了，大抵是石印的。要为大众所懂得，爱看的木刻，我以为应该尽量采用其方法。"抗战期间，木刻工作者对民间艺术加以改造，创作出广大民众喜爱的作品。1939年春节，赖少其刻的《抗战门神》由西南行营政治部在全桂林城及近郊张贴起来，是木刻民族化、大众化的一次成功尝试，很受好评。延安鲁艺的江丰、沃渣自刻自印套色新年画《春牛图》和《保家卫国》，由鲁艺春节宣传队分送农村张贴。

鲁迅是中国抗战版画的精神导师和力量源泉。

（原载于《海内与海外》2015年第11期）

鲁迅与二十世纪中国美术

文学家鲁迅在二十世纪美术史上产生了巨大影响。2016年是纪念鲁迅诞辰135周年、逝世80周年，北京鲁迅博物馆和中国美术馆联合举办了"只研朱墨作春山——纪念鲁迅逝世80周年美术展"。展览分为三个部分，一个是鲁迅美术意识的觉醒或者说美术思想的形成，是"萌芽"；一个是鲁迅倡导新兴木刻，发了"春华"；一个是鲁迅美术思想对后世的影响，生出了茂林嘉卉。

一

鲁迅从小喜欢看《毛诗品物图》《山海经》之类图画书，描摹过绣像小说《荡寇志》等的图像。他在日本的医学校里学习解剖学时，需要通过绘图来掌握人体构造。有一次他把血管的位置画错了,老师告诉他,解剖图不是美术,应该讲究准确。这对他思考美术和科学的关系是有启发的。日本的浮世绘,西方人大为赞赏,视之为东方艺术的代表,从中取法。其实,这艺术是来源于中国的。鲁迅不满于这种现象。回到国内,任职于政府部门,鲁迅比较系统地梳理美术观念,写出《拟播布美术意见书》,全面阐述美术的性质和功用,提出很多有价值的设想。鲁迅任职的北洋政府教育部社会教育司,负责博物馆、美术馆、演剧活动、公园建设、文艺活动(包括美术工作)。鲁迅对美术的热心,翻译的儿童教育文章,对于书籍的爱好,对于古代美术的研究,引起教育总长蔡元培的注意。蔡元培提出"美育"代宗教的主张,他主持开办"夏期讲演会",就请鲁迅讲授《美术略论》。鲁迅做的美术方面的具体工作之一,是他所在的社会教育司第一科组织了全国儿童艺术品博览会,向全国征集作品,挑选优秀者,在教育部一个大殿里展出。他在任期间还发过征集古物的政令,要各地对古代的碑碣做调查研究。

鲁迅将汉碑图案运用到新兴木刻、设计和书籍装帧艺术中。蔡元培1917年委托鲁迅设计北京大学校徽。鲁迅的设计理念来自古代瓦当造型,用的是篆体"北大"两字,很有传统文化韵味,构思也很精妙。他收藏的各类金石拓片有四千多种六千多帧,而且抄校了其中的三千多帧。

鲁迅收藏的中国画、书法作品数量不多。他不刻意于书法。有一次他跟学生说,我的字写得不好看,但没有错,因为我是看过很多碑的。这就很了不起了。汉字历经演变,今人很容易写错字。鲁迅藏有几幅陈师曾、戴镏龄等的山水花卉,属于朋友馈赠。他对陈师曾等人提倡的文人画也曾有过肯定,称赞过"用软笔画得有劲,也算中国画中之一种本领",认为"中国旧书上的插画""可以采用之处甚多"。但当他提倡新兴木刻时,就对所谓"写意画"加以否定了:"我们的绘画,从宋以来就盛行'写意',两点是眼,不知是长是圆,一画是鸟,不知是鹰是燕,竟尚高简,变成空虚,这弊病还常见于现在的青年木刻家的作品里。"鲁迅对中国传统美术的看法,倾向于写实。最近发现鲁迅给他的表弟、画家郦荔丞的一封信,其中就表达了对当时"荒怪"画风的不满:"吾棣笔法清正,自是花鸟正脉。而近来撝叔、仓石末流,恣为荒怪,适足投沪上浅躁之心。萎花枯叶,奉为珍异,则健实之作而冀为世所赏,盖亦难矣。"

二

二十世纪三十年代,鲁迅在上海有感于中国画的没有现实意识，缺少人文关怀，并考虑现实需要，开始提倡创作木刻。

木刻起源于中国，传入欧洲，被欧洲人逐渐发展成一门创作艺术。鲁迅高度评价德国版画家珂勒惠支、比利时版画家麦绥莱勒等的作品，与他秉承的文艺为人生的信念有关。他着眼于倡导现实主义的创作态度，主张"为社会而艺术"。他对当时流行的西方一些现代主义流派有鉴别，有批评。他自费印行或为图书公司编选了近10部国外优秀版画家作品。参与举办多个展览，向中国艺术界和民众介绍外国优秀版画，希望青年作者有所借鉴。

鲁迅提倡版画，意在复兴中国传统艺术形式。中国古代的版画很丰富，值得研究。例如，关于汉画像，他给木刻家李桦写信说："汉人石刻，气魄深沉雄大，唐人线画，流动如生，倘取入木刻，或可另辟一境界也。"

鲁迅对中国古代美术资料做了较为深入的研究，与友人合作编印了《北平笺谱》，翻刻了《十竹斋笺谱》。这些工作，加上他收藏的几千张古代金石拓片，组成一个版刻的世界。说明鲁迅倡导了新兴版画，不是偶然的，随意的，而是有积累，有研究。他几十年搜集，比较，辨别，实践了他提出的"拿来主义"。他不是一味洋，也不是一味古，而强调创新。鲁迅希望青年版画家端正创作思想，掌握娴熟的技法。他既是严父,又是慈母。说他是慈母,是因为他十分关心爱护培养青年木刻家,让他们感到快乐、受到鼓舞;说他是严父,则是因为他对他们的缺点总是及时给予严肃认真的批评。

三

鲁迅培育新兴木刻,为随后的抗日战争储备了人才,

鲁迅像

他培养的版画家活跃在大后方、边区和前线。抗战期间，几乎每逢鲁迅逝世纪念日都要举行木刻展览，抗战时期的版画作品中有很多鲁迅的形象。

延安设立了以鲁迅命名的艺术院校——鲁迅艺术文学院。艺术文学院设文学、音乐、美术、戏剧四个系。美术系的骨干就是木刻家。延安涌现了一大批优秀的木刻家，吸取中外艺术的优长，形成"延安学派"。

文化巨人的影响是多方面的深刻的。新中国成立后，美术界仍然沿着鲁迅的艺术道路前进。鲁迅为中国新兴版画指明的发展方向"采用外国的良规，加以发挥，使我们的作品更加丰满是一条路；择取中国的遗产，融合新机，使将来的作品别开生面也是一条路。"至今仍然可以作为中国美术发展的指针。

（原载于2016年4月11日《中国美术报》）

鲁迅"沉入古代"的暗功夫
—— 谈鲁迅收藏的古砖及砖文拓本

中国近代新文学的杰出代表鲁迅,是一位精通古今、学贯中西的文化巨匠,其文学上的创新,是以深厚的中国传统文化素养和广泛的异域文化借鉴为基础的。鲁迅参与新文化运动,倡导文学革命,翻译外国作品,人所共知。但鲁迅还有所谓的"暗功夫",以十年时间"沉入古代",其成就却不大为人所关注。

鲁迅青年时代关注乡邦文献,校勘古籍的同时,还收藏古代金石拓本。他和二弟周作人陆续搜得古砖二十来方。鲁迅到北京后,留在家乡的周作人继续搜集。《阿Q正传》中主人公的原型名唤阿桂,住在周家附近,靠打短工为生。无工可做的时候,就到处打听消息,当掮客。破落的大户人家等钱用，拿东西去卖，自己不好意思出面，就委托阿桂去办理。阿桂听说周作人收买有字的砖头，曾找过几块来卖给他，其中有一块永和十年（东晋，公元354年）的砖，相当名贵。

鲁迅到北京以前的日记不存，到京后的日记对此项工作有不少记载。他搜集古砖及拓本，有的在市场购买，有的系朋友馈赠。据日记，1915年10月27日，陈师曾赠给他"后子孙吉"砖拓两枚；11月6日，在琉璃厂买到"正光"砖拓一枚；12月5日，在琉璃厂买到砖拓十六枚。1916年9月19日，"陈师曾赠古专拓片一束十八枚"。1917年3月25日，在琉璃厂买得砖拓二十一枚；10月5日，"季市（许寿裳）持来专拓片一枚，'龙凤'二字，云是仲书先生所赠，审为东魏物，字刻而非印，以泉百二十元而得之也"。价格相当昂贵，是鲁迅买古砖拓本中少有的大投入。1918年5月23日，在琉璃厂德古斋买到恒农墓砖拓片大小百枚，价二十四元；9月27日，在琉璃厂买砖拓二十枚，花费二元。1921年9月8日，在琉璃厂买砖拓片二十六枚。至于实物，也偶有所获。1919年12月14日，"买专一枚，上端及左侧有字，下端二字曰'虞凯'，馀泐，泉五角"。然而，几天后卖主反悔了，18日，"估人又取'虞凯'专去，言不欲售，遂返之"；10月17日，他在琉璃厂还买到张俊妻墓砖三枚;12月31日,在琉璃厂得墓砖四块。1920年1月5日,鲁迅买了一块古砖,因怀疑是伪作,次日又调换另一款。

同时,在绍兴的周作人仍在收购古砖及拓片,有的寄给鲁迅,如1915年7月28日鲁迅日记载"晨得二弟信并'河平'专、'甘露'专文拓本各一枚",9月6日,友人转来二弟的信"并'马卫将作'专一块",托人把砖和拓片从绍兴捎到北京,应该费事不小。1915年11月21日鲁迅"得二弟信并'永和'专拓本一枚",可能就是从阿桂手上买到的那块砖的拓片。又1918年7月13日,"午得二弟所寄专拓片一包……粘专拓",这应该是收到家乡来件后初步的整理或修复。鲁迅有时也把自己在北京得到的拓片寄给二弟,如1915年10月30日寄周作人"后宜子孙"砖拓本两枚。

周氏兄弟本来想编一本《越中专录》的,可惜兄弟失和,鲁迅不得已搬出八道湾十一号寓所。他离开时只带走一块大同十一年(南朝梁武帝大同十一年,即公元545年)砖,其余皆为周作人据有。计划中的《越中专录》既无法实现,鲁迅只好从自己所藏拓本中选出汉、魏、六朝出品170件、隋朝2件、唐朝1件,编成《俟堂专文杂集》,并作题记道:"曩尝欲著《越中专录》,颇锐意搜集乡邦专甓及拓本,而

资力薄劣,俱不易致,以十余年之勤,所得仅古专二十余及
杙本少许而已。迁徙以后,忽遭寇劫,孑身逭逋,止携大同
十一年者一枚出,余悉委盗窟中。日月除矣,意兴亦尽,纂
述之事,渺焉何期?聊集爨余,以为永念哉!"写得沉痛悲
愤。这本书鲁迅生前并未付梓,1960 年 3 月才由文物出版社
出版。全书分五个部分,每部分之前都有鲁迅亲笔编写的目
录,在各拓本的名称之下注明该砖的收藏处、拓片提供者的
姓名、古砖情况以及鲁迅对该砖真伪的看法。

《俟堂专文杂集》手稿

鲁迅从八道湾十一号寓所中拿出来的大同十一年砖，长21.5厘米，宽17厘米，高8厘米，一边刻有"大同十一年作"，另两边有花纹。上下配有紫檀木盖托。鲁迅曾把这块方砖改制的砚放在书房"老虎尾巴"书桌上。该砖出土于浙江嵊县，系鲁迅的浙江嵊县籍学生商契衡于1918年所赠。鲁迅得到后拓了两份，自存或送人。

鲁迅藏大同十一年砖砚

北京鲁迅旧居南屋会客室里，还曾放置过一块灰色扁方砖，其中一角缺损，砖上刻有"君子"二字，俗称"君子砖"。"君"字上面有一横，是汉代一种特别写法。该砖为汉景帝时河间献王刘德修建"君子"馆所用。据《汉书》载，河间献王"修学好古，实事求是。从民得善书，必为好写与之，留其真，加金帛赐以招之。繇是四方道术之人不

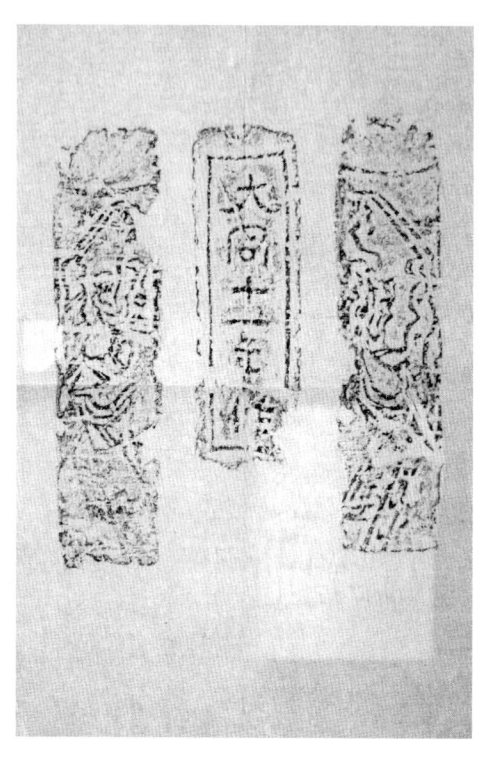

鲁迅藏大同十一年砖拓本

远千里,或有先祖旧书,多奉以奏献王者,故得书多,与汉朝等"。河间王筑馆纳士。《三辅黄图》载其所筑馆名曰"日华宫",后来日华宫旧址上出土的砖皆有"君子"二字,故称"君子馆砖"。清同治元年(公元1862年)张星鉴著有《河间献王君子砖记》,清末又有河间人李濬著《君子留真谱》，图影介绍，视为珍品。鲁迅特意搜求过此砖。1924年9月10日终于得见："齐寿山为从肃宁人家觅得'君子'专一块，阙角不损字，未定直，姑持归，于下午打数本。"还没有问明价格，不知道能不能入手，先打几份拓片留存。肃宁是河间的旧名，齐寿山是鲁迅在教育部的同事和好友，原籍河北。他了解鲁迅的爱好，常留心古物，购买赠送或者介绍给鲁迅购买。鲁迅得到该砖拓片的喜悦之情或可从以下两件事上想见。9月21日，星期天，马幼渔来访，鲁迅赠以"君子"砖拓本，与同好分享；9月29日，鲁迅终"以六元买君子专成"，置于会客室几案，供友朋欣赏。《俟堂专文杂集》列有"君子馆砖"一项，收入拓片三张，一是正面"君子"二字，一为背面即鲁迅所说的"阙角"者，一为侧面花纹图案。

鲁迅一生收藏砖文拓片约七百多张。品相较好的古砖拓片有：元平元年砖、马卫将作砖、海内皆臣岁登成熟道毋饥人砖、单于和亲千秋万岁安乐未央砖、富乐未央子孙益昌砖、后子孙吉砖、荷戈人画砖、车马画砖、骑者画砖、舞女画砖、好大王陵砖、龙凤砖、开元廿六年裴夫人元氏砖等。

"砖文"的"文"，当然不单指文字，也有纹路、纹章的意思。鲁迅收藏古代金石拓片，兼顾图文。蔡元培对此深表赞同，视为独创，认为这些工作为后来提倡新兴版画开了先河。鲁迅曾计划撰写《中国字体变迁史》，为此广泛搜集材料，砖文自然也是不可或缺的部分。可惜，因为早逝，他的计划未能完成。

鲁迅珍藏的全部砖文拓本，业经北京鲁迅博物馆编为《鲁迅藏拓本全集·砖文卷》，由西泠印社出版社出版。

（原载于2016年4月12日《光明日报》）

"我们现在怎样做父亲"
——鲁迅的儿童教育观略识

柳亚子曾说:"近世对于儿童教育最伟大的人物,我第一个推崇鲁迅先生。"

鲁迅不但在文学创作方面成就卓著,而且有丰富的教育理论和实践。鲁迅留学回国后,一直从事教育工作。先是浙江两级师范学堂,后来是绍兴府中和绍兴师范学堂。到北洋政府教育部任职时期,除了教育行政工作,还在大中学校兼课。再后来,又到厦门大学、中山大学专职做过教授。应该说他在教育方面投入精力很多,有深刻的思考。早期提出"我们现在怎样做父亲"的命题,晚年得子,亲身实践家庭教育,针对教育界种种现象提出了很多独到的意见,今天仍有借鉴的价值。

救救孩子

鲁迅在《狂人日记》中发出"救救孩子！"的呐喊时，自己并没有孩子；他写作《我们现在怎样做父亲》时，并没当父亲，但他对青少年的教育十分关心，以高度的责任感，做了深入的思考。这些思考，充满了同情，怜悯，显示了他的救国救民志向，以人为本、以天下为己任的情怀。

呼吁"救救孩子"的时候，鲁迅的指向其实是社会问题。因为以当时中国的历史和社会现状，孩子们很容易受到污染和戕害，未来堪忧。

社会问题是复杂的，不一定在短时期内解决，也不可能由少数人解决。鲁迅发现了问题，呐喊出来，呼吁人们的注意，这是他的功绩。

从个人层面说，鲁迅本人的经历是让他对儿童教育问题倾注思考的重要基础。

我们先来看看鲁迅是怎样做"孩子"的，了解他儿童少年时代的经历，对他后来之所以如此关心教育关心儿童就不难理解了。正像他说的：人们如果时时想到自己小时候的情形，就知道该如何教育自己的孩子了。鲁迅的文章题目叫《我们现在怎样做父亲》，严格地说应该是怎样做父母。但中国成语说："子不教，父之过。"似乎教育的责任在父亲肩上。现在情形变了,大家都明白了,母亲也负有相当大的责任。前些年出现的所谓"虎妈",震惊欧美,让外国人见识了中国教育的钢铁面目。儿童教育中,严厉是爱的一种变形。但为什么会变形得如此厉害?恐怕要寻找背后的社会原因。

鲁迅小时候经历的挫折教育对他日后的成长及教育观的形成影响很大。旧式教育对于儿童,这也不让做,那也不让做,即便在自己家的百草园里也不自由,拔草损坏了泥墙根要受训斥;作为反抗,三味书屋里同学们趁老师不注意从后门逃出去玩耍,今天的小读者看了恐怕也暗自高兴。至于读书,那时必须读古代经典,不管其多么不适合儿童的阅读能力和习惯。方法是背诵,说得不好听一点儿,就是死记硬背。这办法好不好?现在有人说背诵有好处,要大力提倡了。好处当然是有的,但强调过分,对儿童也是有害的。鲁迅的《五猖会》写他小时候特别喜欢到东关看五猖会,有一次,热切期待好久,当天一大早就兴奋不已,又跳又笑,手舞足蹈,高高兴兴准备出发,这时父亲突然要他背《鉴略》,背不出来就不许出门。当头一盆冷水,虽然拼命死记硬背完成了任务,但是兴趣已经减去了大半。作者对不懂儿童天性,只顾用功课挤压孩子的长辈提出的批评,在今天同样具有警醒作用。这是中国教育传统的弊端。这压力部分来自社会，因为读书太重要了，读书读得好，就能出人头地。所以一代一代的人都是这么取向，形成了惯性。鲁迅受了这样的苦楚，又把这些苦楚加给自己的弟弟。《风筝》这篇文章就写这种惯性：不准儿童玩耍，不许放风筝，也不许看图画书，不许看戏。鲁迅多次感叹中国关于儿童的书太少，而且没有美感。他到外国一看，儿童读物很丰富，自己的思路就开阔了，思想改变了。他提出中国的进步有赖于改革教育，先要解放儿童。鲁迅这一代人留学国外，在中外对比中发现了问题。他翻译了几篇日本学者写的儿童教育文章，《社会教育与趣味》《儿童玩具研究》等，刊登在教育部的杂志上。这些文章主要讨论儿童如何游戏，如何从事艺术学习的问题。这些方面，中国教育注意得很不够，我们讲大道理太多，孩子很小就要读经，要读《二十四孝》《百孝图说》，修身齐家治国平天下。百善孝为先，本来是正确的，是对爱的报答，但强调得过分了，就成了负担和枷锁，把儿童的天性禁锢住了，培养出来的是少年老成的"小大人"。

所以要"救救孩子！"

父范学堂

有了这种经历，鲁迅后来有些论说就容易理解了。感同身受，将心比心，鲁迅在很多作品中都表达了对儿童健康成长的关注，他根据自身的生命体验提倡人性化的教育，反对僵化和陈腐的教育观念。

《我们现在怎样做父亲》主张把父子关系放在自然的进化过程中看。鲁迅说："中国过于讲父亲君王的权威，专制社会的特点是权力集中，父对于子，有绝对的权力和威严；若是老子说话，当然无所不可，儿子有话，却在未说之前早已错了。但祖父子孙，本来各各都只是生命的桥梁的一级，决不是固定不易的。""我现在心以为然的道理，极其简单。便是依据生物界的现象，一，要保存生命；二，要延续这生命；三，要发展这生命（就是进化）。生物都这样做，父亲也就是这样做。"对父亲提出这样的要求，本不过分。因为从进化论角度说，父辈是保护、爱护下一代的。但中国社会却发展出一种畸形的道德观，有时使长幼对立。

在《二十四孝图》中，鲁迅谴责一个孝道教育的案例：

> 至于玩着"摇咕咚"的郭巨的儿子，却实在值得同情。他被抱在他母亲的臂膊上，高高兴兴地笑着；他的父亲却正在掘窟窿，要将他埋掉了。说明云，"汉郭巨家贫，有子三岁，母尝减食与之。巨谓妻

曰,贫乏不能供母,子又分母之食。盍埋此子?"……"及掘坑二尺,得黄金一釜,上云:天赐郭巨,官不得取,民不得夺!"我最初实在替这孩子捏一把汗,待到掘出黄金一釜,这才觉得轻松。然而我已经不但自己不敢再想做孝子,并且怕我父亲去做孝子了。家境正在坏下去,常听到父母愁柴米;祖母又老了,倘使我的父亲竟学了郭巨,那么,该埋的不正是我么?如果一丝不走样,也掘出一釜黄金来,那自然是如天之福,但是,那时我虽然年纪小,似乎也明白天下未必有这样的巧事。

为什么会这样呢?因为统治者以孝治天下,举国提倡和实践孝道。本来尊重长辈是极应该的,但要求过分,违反天性,违反人道,孩子就反感、害怕了。提倡者把极端的东西示范给人,自有其政治目的,是要人们把孝移往"忠",对待皇帝就像对待父母一样,牺牲一切,最后成了愚忠愚孝。

戕害自己的孩子,做父亲的当然不情愿。

鲁迅希望中国最先觉醒起来的人,洗净东方古传的谬误思想,对于子女,义务思想加多,权利思想减少,培养幼者本位的道德观。幼者得到权利,也非永久占有,将来还要对于他们的幼者,仍尽义务。如此代代相传,不断进化。

鲁迅对父亲们提出的要求是:"先从觉醒的人开手,各自解放了自己的孩子。自己背着因袭的重担,肩住了黑暗的闸门,放他们到宽阔光明的地方去;此后幸福的度日,合理的做人。"这段话很有名,经常被引用。

鲁迅进一步论述道:

> 所以觉醒的人,此后应将这天性的爱,更加扩张,更加醇化;用无我的爱,自己牺牲于后起新人。开宗第一,便是理解。往昔的欧人对于孩子的误解,是以为成人的预备;中国人的误解,是以为缩小的成人。直到近来,经过许多学者的研究,才知道孩子的世界,与成人截然不同;倘不先行理解,一味蛮做,便大碍于孩子的发达。所以一切设施,都应该以孩子为本位,日本近来,觉悟的也很不少;对于儿童的设施,研究儿童的事业,都非常兴盛了。第二,便是指导。时势既有改变,生活也必须进化;所以后起的人物,一定尤异于前,决不能用同一模型,无理嵌定。长者须是指导者协商者,却不该是命令者。不但不该责幼者供奉自己;而且还须用全副精神,专为他们自己,养成他们有耐劳作的体力,纯洁高尚的道德,广

博自由能容纳新潮流的精神,也就是能在世界新潮流中游泳,不被淹没的力量。第三,便是解放。子女是即我非我的人,但既已分立,也便是人类中的人。因为即我,所以更应该尽教育的义务,交给他们自立的能力;因为非我,所以也应同时解放,全部为他们自己所有,成一个独立的人。这样,便是父母对于子女,应该健全的产生,尽力的教育,完全的解放。

理论上当然好说,实践起来却很难。首先要向先进国家学习。在这方面,西方比我们先进。周作人在《人的文学》里说:在欧洲"女人与小儿的发见,却迟至十九世纪,才有萌芽",又说:"小孩的委屈与女人的委屈,——实在是人类文明的大缺陷,大污点……人类只有一个,里面却分作男女及小孩三种……以前人们只承认男人是人。"(周作人:《小孩的委屈》)儿童有自己的特点,这些特点要得到注意,受到尊重。儿童是国家与社会的未来,如何对待他们,是文明的标志之一。胡适说:"你要看一个国家的文明,只消考察三件事:第一,看他们怎样待小孩子;第二,看他们怎样待女人;第三,看他们怎样利用闲暇的时间。"(胡适:《慈幼的问题》)中国如何呢?胡适认为"可以宣布我们这个国家是最野蛮的国家"。

所以，父亲责任重大。然而，中国的父亲不合格的太多，所以鲁迅在《我们现在怎样做父亲》一文中建议设立"父范学堂"，当然是幽默的说法。实际上，后来中国陆续设立了很多师范学堂，引进了西方的教育体制，取得了很大的进步。

学校与社会

还应该接着鲁迅的那段话问一问：宽阔光明的地方在哪里？现实中，社会对儿童是什么态度呢？儿童教育采用的是什么办法呢？鲁迅说：

> 中国相传的成法，谬误很多：一种是锢闭，以为可以与社会隔离，不受影响。一种是教给他恶本领，以为如此才能在社会中生活。用这类方法的长者，虽然也含有继续生命的好意，但比照事理，却决定谬误。此外还有一种，是传授些周旋方法，教他们顺应社会。这与数年前讲"实用主义"的人，因为市上有假洋钱，便要在学校里遍教学生看洋钱的法子之类，同一错误。社会虽然不能不偶然顺应，但决不是正当办法。因为社会不良，恶现象便很多，势不能一一顺应；倘都顺应了，又违反了合理的生活，倒走了进化

的路。所以根本方法,只有改良社会。

人们常常有这样的说法:社会是恶浊的,学校是象牙塔。然而,学校是社会的一部分,社会险恶,学校也免不了出问题。鲁迅就指出,学风"是和政治状态及社会情形相关的","教育界的称为清高,本是粉饰之谈,其实和别的什么界都一样,人的气质不大容易改变,进几年大学是无甚效力的。况且又有这样的环境,正如人身的血液一坏,体中的一部分决不能独保健康一样,教育界也不会在这样的民国里特别清高的"。

鲁迅到上海,建立了自己的小家庭,有了孩子,对儿童问题的观察和思考,有了经验的基础。他实践自己以前的理论主张,自认为不算怎么坏的父亲,虽然有时也要骂甚至于打孩子,但内心是爱孩子的。所以自己的孩子健康、活泼、顽皮,没有被压迫得瘟头瘟脑。可是,有一次,他带孩子到照相馆照相,观察到一种现象,让他深思:

> 我曾在日本的照相馆里给他照过一张相,满脸顽皮,也真像日本孩子;后来又在中国的照相馆里照了一张相,相类的衣服,然而面貌很拘谨,驯良,是一个道地的中国孩子了。为了这事,我曾经想了一想。

海婴一百日全家照(1930年)

这不同的大原因,是在照相师的。他所指示的站或坐的姿势,两国的照相师先就不相同,站定之后,他就瞪了眼睛,觑机摄取他以为最好的一刹那的相貌。孩子被摆在照相机的镜头之下,表情是总在变化的,时而活泼,时而顽皮,时而驯良,时而拘谨,时而烦厌,时而疑惧,时而无畏,时而疲劳……。照住了驯良和拘谨的一刹那的,是中国孩子相;照住了活泼或顽皮的一刹那的,就好像日本孩子相。驯良之类并不是恶德。但发展开去,对一切事无不驯良,却决不是美德,也许简直倒是没出息。

鲁迅与儿子合影

我们的"照相馆"——引申开去,就是我们的社会——仍然在扭曲和戕害儿童少年。其戕害的方式还有很多,鲁迅还曾发出"救救少女"的呐喊。他在《上海的少女》中说:"中国是连少女也进了险境了。这险境,更使她们早熟起来,精神已是成人,肢体却还是孩子。俄国的作家梭罗古勃曾经写过这一种类型的少女,说是还是小孩子,而眼睛却已经长大了。"

鲁迅五十三岁时全家合影

图画和玩具

鲁迅不尚空谈,他的儿童观是切实可行的。鲁迅是文艺家,平时多与书本打交道,所以这方面的思考和实践比较多。

他在《看图识字》一文中用自己的亲身经历批评中国图画书不准确,不真实,不生动活泼。他说自己曾到市场上为孩子购买1932年出版的"国难后第六版"《看图识字》,色彩恶浊,图画死板且不说,最可怕的是错误百出。社会在发展,技术在进步,但儿童读物的质量却下降了。鲁迅接着写道:"记起幼小时候看过的《日用杂字》来。这是一本教育妇女婢仆,使她们能够记账的书,虽然名物的种类并不多,图画也很粗劣,然而很活泼,也很像。为什么呢?就因为作画的人,是熟悉他所画的东西的,一个'萝卜',一只鸡,在他的记忆里并不含胡,画起来当然就切实。"这显然是主事者不用心所致。如果没有严肃认真的态度和扎扎实实的工作,"小儿科"的东西也是做不好的。

他还写了《玩具》一文,对中国当时儿童玩具生产状况给予严厉的批评和辛辣的讽刺,说:"我们中国是大人用的玩具多:姨太太,鸦片枪,麻雀牌,《毛毛雨》,科学灵乩,金刚法会,还有别的,忙个不了,没有工夫想到孩子身上去了。"但鲁迅并不是一味埋怨发牢骚,他一看到中国人的创造力,就加以赞赏和鼓励:

> 江北人却是制造玩具的天才。他们用两个长短不同的竹筒,染成红绿,连作一排,筒内藏一个弹簧,旁边有一个把手,摇起来就格格的响。这就是机关

枪！文明的西洋人和胜利的日本人看见了，大抵投给我们一个鄙夷或悲悯的苦笑。

因为这是创作。前年以来，很有些人骂着江北人，好像非此不足以自显其高洁，现在沉默了，那高洁也就渺渺然，茫茫然。而江北人却创造了粗笨的机枪玩具，以坚强的自信和质朴的才能与文明的玩具争。他们，我以为是比从外国买了极新式的武器回来的人物，更其值得赞颂的，虽然也许又有人会因此给我一个鄙夷或悲悯的冷笑。

鲁迅呼吁尊重儿童爱玩的天性，开发儿童的创造能力。

因为老来得子，鲁迅对孩子的教育采用的是宽松的办法。有人讥笑他溺爱孩子，他写诗一首《答客诮》："无情未必真豪杰，怜子如何不丈夫。知否兴风狂啸者，回眸时看小於菟。"不过，有了孩子，也就有了责任，就要遇到孩子成长的问题、教育的问题。他在给朋友的信中诉苦说："孩子也好了，但他大了起来，越加捣乱，出去，就惹祸，我已经受了三家邻居的警告，——但自然，这邻居也是擅长警告的邻居。但在家里，却又闹得我静不下，我希望他快过二十岁，同爱人一起跑掉，那就好了。"他也遇到孩子"入学难"的问题："因为没有别的

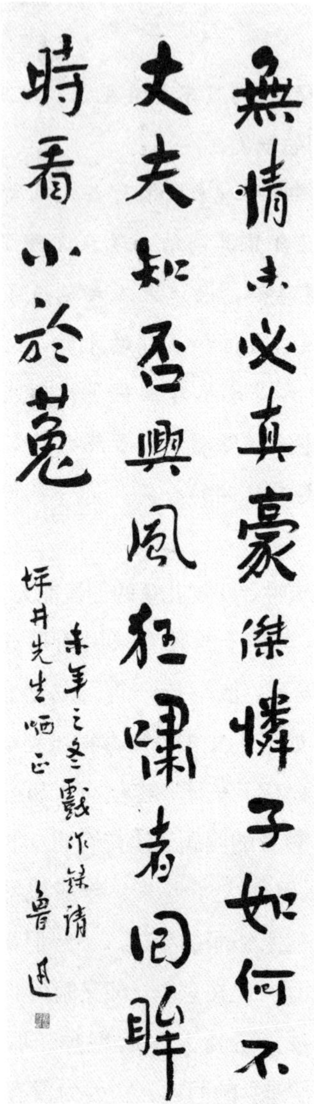
無情未必真豪傑
憐子如何不丈夫
知否興風狂嘯者
回眸時看小於菟
未年之冬戲作錄請
坪井先生哂正
魯迅

鲁迅《答客诮》诗手迹

孩子一起玩耍，所以只在家里吵闹。明年本该进学校了，但上海实在无好学校，所以想缓一年再说。仍在大陆小学，进一年级，已开学。学校办得并不好，贪图近便，关关而已。"鲁迅去世时，儿子只有七岁，所以学校教育的问题他讲得不多。

儿童教育是细致精微的工作。今天，家庭教育、学校教育和社会改革等问题，仍然困扰着我们。在解决这些问题的时候，鲁迅的经验会给我们一些启示。

（根据2013年10月12日在马来西亚吉隆坡"鲁迅生平展"开幕式上演讲整理）

"有不平而不悲观,常抗战而亦自卫"
——鲁迅寄语青年的启示

鲁迅是成就卓著的文学家,也是深刻的思想家。他成名后不久就被奉为"思想界权威"、"青年导师",受到广大青年的崇拜。鲁迅对青年,有鼓励、提携,也有不满、失望,更有对青年成长过程中遇到的种种问题的评论和反思。鲁迅的这些思想值得今天的青年借鉴。我今天想先来读一段鲁迅的文字,然后就这段文字中的观点,特别是其中的两句话"有不平而不悲观,常抗战而亦自卫"谈点粗浅看法,夸大点儿说,介绍一下鲁迅的青年观,并从而探讨鲁迅的人生观。

鲁迅这段话出自他给一位女青年的信。这位女青年不是别人,正是后来成了他的恋人、最终与他同居并共同生活了十年的许广平。当时,鲁迅在女子师范大学兼课,许广平是他的课堂上听讲的学生。他们1925年3月11日开始通信,我这里介绍的这封信写于3月18日,还不能称为情书,因为他们并不很熟悉。因此,我把这封信中的观点视为鲁迅对一般青年的意见和建议。其中一段是这样:

> 中国大约太老了,社会上事无大小,都恶劣不堪,像一只黑色的染缸,无论加进什么新东西去,都变成漆黑。可是除了再想法子来改革之外,也再没有别的路。我看一切理想家,不是怀念"过去",就是希望"将来",而对于"现在"这一个题目,都缴了白卷,因为谁也开不出药方。所有最好的药方,即所谓"希望将来"的就是。"将来"这回事,虽然不能知道情形怎样,但有是一定会有的,就是一定会到来的,所虑者到了那时,就成了那时的"现在"。然而人们也不必这样悲观,只要"那时的现在"比"现在的现在"好一点,就很好了,这就是进步。这些空想,也无法证明一定是空想,所以也可以算是人生的一种慰安,正如信徒的上帝。你好像常在看我的作品,但我的作品,太黑暗了,因为我常觉得惟"黑暗与虚无"乃是"实有",却偏要向这些作绝望的抗战,所以很

多着偏激的声音。其实这或者是年龄和经历的关系,也许未必一定的确的,因为我终于不能证实:惟黑暗与虚无乃是实有。所以我想,在青年,须是有不平而不悲观,常抗战而亦自卫,倘荆棘非践不可,固然不得不践,但若无须必践,即不必随便去践,这就是我之所以主张"壕堑战"的原因,其实也无非想多留下几个战士,以得更多的战绩。

写信的时候,鲁迅可以说是一个中年人了。鲁迅当时的状态,我觉得可以从两方面来看:一方面,鲁迅曾是一个青年人,他了解、同情青年;另一方面,中年的鲁迅仍保持着很强的意志力和战斗力,被称为思想界的战士,具有青年人的特征。因此,这段比较全面反映鲁迅青年观的话,值得重视。

这段文字包含多层意思。

第一层意思,就是青年人在中国生存不易。环境不好,这是外在因素。中国是一个历史悠久的国家。历史悠久,本来是好事,但负面影响也不小,有时成为一种负担。特别是古国衰亡后,境况凄惨。破落户子弟颓唐绝望,躺在过去的光荣册上自得自满到无聊的地步,就说出鲁迅笔下阿Q所说的那样的话:"我们先前——比你阔的多啦!

你算是什么东西!"鲁迅自己青年时代走过的道路并不顺利,他因此深深同情于青年。他曾说"中国青年负担的烦重"数倍于别国的青年,中国青年仍然被拘禁在三千年陈旧的桎梏里。旧文化旧习俗对人的束缚太多,腐蚀性也太强。鲁迅这段话里有一个形象的比喻,他后来用过多次,现在人们也还在用,就是:中国是一个大染缸,国外的很多好东西掉进去都会被染黑,变坏。因此,在中国,不利于青年人成长的因素很多。最基本的生活条件就不好,在中国,单是为了吃饱饭,就要耗费一个人的几乎全部生命,哪里还谈得上科学技术、文学艺术。青年人不自由,例如没有自由恋爱的权力,也是很苦痛的,鲁迅自己就亲身经受过。比鲁迅年轻的一代人,好不容易有了一点儿恋爱自由,社会却不容忍,百般限制干涉。再加上生活困难,爱情自然也就不能有好的结局。就像鲁迅小说《伤逝》里涓生和子君的命运。鲁迅一路看到过很多这样悲惨的事例。患了病的年轻翻译家躺在病床上的苦楚,上海亭子间青年文人卖稿为生的艰难,才华横溢的青年作家因为党派斗争惨遭屠戮,等等,鲁迅的文字里都有表现,现在读来仍很感人。鲁迅写这段话是在回答许广平来信对社会黑暗的不满,因为许广平所在的学校里学生们正酝酿针对学校当局的斗争,其中原因复杂,既有学校管理不善的问题,也有人事的纠纷。学校本来应该是较为安静纯净的地方,但也逃脱不了历史因袭的重压、社会习俗的侵扰。

面对这样的局面,青年人心中不平,有不平就有斗争。怎样冲破这混乱、腐败的局面?唯一的出路是改革。鲁迅是支持青年人改革的。然而,改革要触动一些人的利益,无异于要人的命,所以改革不容易进行。历史上很多改革家都失败了。青年人是坚持下去,还是感到没有希望就放弃改革?鲁迅青年时代也抱着很多希望,后来经过失望、绝望,荏苒到了中年。青年是做梦的年龄,鲁迅说自己年轻时也做过很多好梦,但落空的居多,梦醒了无路可走,更痛苦。不过,鲁迅虽然失望过,但并没有绝望。因为希望是明天的未来的,只要有明天有未来,就有希望。即便自己没有明天没有未来,也不能证明希望不存在。更进一步说,希望固然是虚无,而绝望也一样无济于事:"绝望之为虚妄,正与希望相同!"既然如此,青年人的就应该在现实人生中,仍然抱着希望,继续前行。鲁迅在这个问题上提供给青年人的鼓励话语很多,大家都很熟悉,如《故乡》结尾的一段:"我想:希望是本无所谓有,无所谓无的。这正如地上的路;其实地上本没有路,走的人多了,也便成了路。"他还说过:"我们所可以自慰的,想来想去,也还是所谓对于将来的希望。希望是附丽于存在的,有存在,便有希望,有希望,便是光明。如果历史家的话不是诳话,则世界上的事物可还没有因为黑暗而长存的先例。黑暗只能附丽于渐就灭亡的事物,一灭亡,黑暗也就一同灭亡了,它不永久。然而将来是永远要有的,并且总要光明起来;只要不做黑暗的附着物,为光明而灭亡,则我们一定有悠久的将来,而且一定是光明的将来。"

于是转到第二层意思:青年人要有自信。因为青年是明天,是未来,是希望所在。鲁迅之所以呼吁"救救孩子",乃因为孩子是可以救的,他们还没有受到污染,还没有"吃过人",还天真纯洁,好似一张白纸,可以在上面画出优美的图画来。鲁迅说这番话时相信进化论,以为将来必胜于过去,青年必胜于老人。因为有这个信念,他觉得只要后代进步了,他们不再像前辈那样做昏妄糊涂的事,品格变好,成为一种新的人,造出一个新的时代,中国还是有希望的。后来他遇到残酷的现实,看到孩子们青年们很快受到社会的裹挟,陷入污泥浊水,随同作恶。在广东,他就目睹了同是青年而分成两大阵营,有的青年人投书告密,助官捕人。他的思路因此轰毁,对于青年不再无条件地敬畏,转而相信阶级论了。

第三层意思,鲁迅说到自己的作品太黑暗,这层意思,在写这封信之前之后说过多次。我们读鲁迅的作品,有没有这样的感受呢？鲁迅揭发社会弊端的文字很多，读者如果沉浸其中，容易感到压抑，甚至产生悲观失望的情绪。所以鲁迅很担心，经常怀着警惕。《呐喊》序言说"不愿将自以为苦的寂寞，再来传染给也如我那年青时候似的正做着好梦的青年"。在另外一篇文章中，他谈到自己面对青年读者的感受："我的译著的印本，最初，印一次是一千，后来加五百，近时是二千至四千，每一增加，我自然是愿意的，因为能赚钱，但也伴着哀愁，怕于读者有害，因此作文就时常更谨慎，更踌躇。有人以为我信笔写来，直抒胸臆，其实是不尽然的，我的顾忌并不少。我自己早知道毕竟不是什么战士了，而且也不能算前驱，就有这么多的顾忌和回忆。还记得三四年前，有一个学生来买我的书，从衣袋里掏出钱来放在我手里，那钱上还带着体温。这体温便烙印了我的心，至今要写文字时，还常使我怕毒害了这类的青年，迟疑不敢下笔。我毫无顾忌地说话的日子，恐怕要未必有了罢。但也偶尔想，其实倒还是毫无顾忌地说话，对得起这样的青年。但至今也还没有决心这样做。"我觉得鲁迅的顾虑表达了他的仁厚之心，但从实际效果看，青年人从他的作品中得到的常常不是悲观情绪，而是愤怒和反抗之心。因为青年人心中有更多的正义感，更少"老好人""中庸"的世故。而且，鲁迅也知道，青年人又有自己探索人生道路的能力,他们能够走出自己的路。因此,这种影响是有限的。他希望青年人要敢于照着自己确定的目标勇往直前,而不要依赖所谓的"导师"。他曾说:"要前进的青年们大抵想寻求一个导师。然而我敢说:他们将永远寻不到。寻不到倒是运气;自知的谢不敏,自许的果真识路么?凡自以为识路者,总过了'而立'之年,灰色可掬了,老态可掬了,圆稳而已,自己却误以为识路。假如真识路,自己就早进向他的目标,何至于还在做导师。"

"青年又何须寻那挂着金字招牌的导师呢?不如寻朋友,联合起来,同向着似乎可以生存的方向走。你们所多的是生力,遇见深林,可以辟成平地的,遇见旷野,可以栽种树木的,遇见沙漠,可以开掘井泉的。问什么荆棘塞途的老路,寻什么乌烟瘴气的鸟导师!"因此,鲁迅见到人家给他戴上"导师"的桂冠,就赶紧辞谢,也不全是谦虚。

第四层意思,是要青年人大胆,勇敢。就像上面说的,鲁迅不赞成圆稳,灰色。他本人虽然已经是中年,但仍然大胆说话,还时常有些偏激的言论。他认为,青年人更应该不怕幼稚,大胆地说话,勇敢地进行。鲁迅在《热风·随感录四十一》呼吁道:"愿中国青年都摆脱冷气,只是向上走,不必听自暴自弃者流的话。能做事的做事,能发声的发声。有一分热,发一分光,就令萤火一般,也可以在黑暗里发一点光,不必等候炬火。"他办刊物,出丛书,培养青年作者,就是希望青年人发出自己的声音:"早就很希望中国的青年站出来,对于中国的社会,文明,都毫无忌惮地加以批评,因此曾编印《莽原周刊》,作为发言之地,可惜来说话的竟很少。"青年人因为缺乏经验,常常担心自己幼稚,不敢发言,鲁迅总是给予鼓励。他说:"至于幼稚,尤其没有什么可羞,正如孩子对于老人,毫没有什么可羞一样。幼稚是会生长,会成熟的,只不要衰老,腐败,就好。倘说待到纯熟了才可以动手,那是虽是村妇也不至于这样蠢。"鲁迅有些偏激话正是说给青年的,例如"不读或少读中国书"的观点:"我看中国书时,总觉得就沉静下去,与实人生离开;读外国书——但除了印度——时,往往就与人生接触,想做点事。中国书虽有劝人入世的话,也多是僵尸的乐观;外国书即使是颓唐和厌世的,但却是活人的颓唐和厌世。我以为要少——或者竟不——看中国书,多看外国书。少看中国书,其结果不过不能作文而已。但现在的青年最要紧的是'行',不是'言'。只要是活人,不能作文算什么大不了的事。"他不但鼓励青年,而且还从青年人身上汲取力量。他在《我和语丝的始终》一文中说:"当开办之际,努力确也可惊,那时做事的,伏园之外,我记得还有小峰和川岛,都是乳毛还未褪尽的青年,自跑印刷局,自去校对,自叠报纸,还自己拿到大众聚集之处去兜售,这真是青年对于老人,学生对于先生的教训,令人觉得自己只用一点思索,写几句文章,未免过于安逸,还须竭力学好了。"

鲁迅写这封信的时期,杂文也写得不少,对社会的攻击是猛烈的,与文人学者的争辩也很激烈。他从"彷徨"状态中走出来,积极参与,旗帜鲜明地支持学生的斗争。写这封信就是在与青年人交流。他的心态因此变得年轻,这一点也是应该注意的。在鲁迅看来——今天我们也这么看——青年和年龄无关,并不是年纪轻的人都可以称为"青年"。他曾说:"近来很通行说青年;开口青年,闭口也是青年。但青年又何能一概而论?有醒着的,有睡着的,有昏着的,有躺着的,有玩着的,此外还多。但是,自然也有要前进的。"他在《论睁了眼看》一文中,对有些青年的"形象"表达过不满:"现在青年的精神未可知,在体质,却大半还弯腰曲背,低眉顺眼,表示着老牌的老成的子弟,驯良的百姓。"鲁迅不喜欢世故的,而喜欢真率大胆的青年。有不平就要反抗。总之,青年人要"常抗战"。

第五层意思,青年人怎样对待社会,如何反抗不公正。鲁迅不主张一味地闹,他更注重踏实肯干,有韧劲。这方面,鲁迅也给青年人树立了榜样。他对文艺青年中一些现象进行过批评:"我现在对做文章的青年,实在有些失望,我想有希望的青年似乎大抵打仗去了,至于弄弄笔墨的,却还未看见一个真有几分为社会的,他们多是挂新招牌的利己主义者。而他们却以为他们比我新一二十年,我真觉得他们无自知之明,这也就是他们之所以'小'的地方。"文艺青年如果不潜心创作,而心高气傲,想早些成名,结果将流于浮躁浅薄,也难免与鲁迅这样的成年人发生冲突。二十世纪二十年代末三十年代初,就有一群青年文人试图打倒鲁迅,取而代之。但他们失败了。鲁迅对此做过总结,对青年人的心理把握得很到位:"我确曾认真译著,并不如攻击我的人们所说的取巧,的投机。所出的许多书,功罪姑且弗论,即使全是罪恶罢,但在出版界上,也就是一块不小的斑痕,要'一脚踢开',必须有较大的腿劲。凭空的攻击,似乎也只能一时收些效验,而最坏的是他们自己又忽而影子似的淡去,消去了。但是,试再一检我的书目,那些东西的内容也实在穷乏得可以。最致命的,是:创作既因为我缺少伟大的才能,至今没有做过一部长篇;翻译又因为缺少外国语的学力,所以徘徊观望,不敢译一种世上著名的巨制。后来的青年,只要做出相反的一件,便不但打倒,而且立刻会跨过的。但仅仅宣传些在西湖苦吟什么出奇的新诗,在外国创作着百万言的小说之类却不中用。因为言太夸则实难副,志极高而心不专,就永远只能得传扬一个可惊可喜的消息;然而静夜一想,自觉空虚,便又不免焦躁起来,仍然看见我的黑影遮在前面,好像一块很大的'绊脚石'了。对于为了远大的目的,并非因个人之利而攻击我者,无论用怎样的方法,我全都没齿无怨言。但对于只想以笔墨问世的青年,我现在却敢据几年的经验,以诚恳的心,进一个苦口的忠告。那就是:不断的(!)努力一些,切勿想以一年半载,几篇文字和几本期刊,便立了空前绝后的大勋业。还有一点,是:不要只用力于抹杀别个,使他和自己一样的空无,而必须跨过那站着的前人,比前人更加高大。初初出阵的时候,幼稚和浅薄都不要紧,然而也须不断的(!)生长起来才好。并不明白文艺的理论而任意做些造谣生事的评论,写几句闲话便要扑灭异己的短评,译几篇童话就想抹杀一切的翻译,归根结蒂,于己于人,还都是'可怜无益费精神'的事,这也就是所谓'聪明误'了。"1933年6月,他在给一位友人的信中还这样说:"十余年来,我所遇见的文学青年真也不少了,而希奇古怪的居多。最大的通病,是以为自己是青年,所以最可贵,最不错的,待到被人驳得无话可说的时候,他就说是因为青年,当然不免有错误,该当原谅了。"对青年人的投机取巧,不肯下功夫,他总是给予严厉批评。1934年4月12日他在给姚克的信中批评青年画家好高骛远,贪大求洋:"第一,是青年向来有一恶习,即厌恶科学,便作文学家,不能作文,便作美术家,留长头发,放大领结,事情便算了结。较好者则好大喜功,喜看'未来派''立方派'作品,而不肯作正正经经的画,刻苦用功。人面必歪,脸色多绿,然不能作一不歪之人面,所以其实是能作大幅油画,却不能作'末技'之插画的,譬之孩子,就是只能翻筋斗而不能跨正步。"晚年鲁迅对某些青年的失望达到顶点,到了厌恶的程度:"今之青年,似乎比我们青年时代的青年精明,而有些也更重目前之益,为了一点小利,而反噬构陷,真有大出于意料之外者。""但我觉得虽是青年,稚气和不安定的并不多,我所遇见的倒十之七八是少年老成的,城府也深,我大抵不和这种人来往。"他甚至气愤地说:"我看这种私心太重的青年,将来也得整顿一下才好。"

最后一层意思,鲁迅仍然回到对青年的关心和爱护。

鲁迅交给青年们的战斗方法是打"壕堑战"。"亦自卫",就是要保护自己,不做无谓的牺牲。他是不愿青年人牺牲的。因此他做不了严格意义上的革命家、政治家。人们说他是一个战士,不错,他是一个战士,但他是一个用笔写作的,善于修辞的战士。鲁迅从不鼓动青年用生命去和残暴的统治者硬碰硬。他在"三·一八"惨案前不主张许广平等学生前往执政府游行,就是出于这种心情,实际情形果然不出他所料。他曾说:"我自己省察,无论在小说中,在短评中,并无主张将青年来'杀,杀,杀'的痕迹,也没有怀着这样的心思。"他希望青年们对人生有一个更加明确、长远的目标。"但倘若一定要问我青年应当向怎样的目标,那么,我只可以说出我为别人设计的话,就是:一要生存,二要温饱,三要发展。"

这么说来,鲁迅对青年的态度有时也是矛盾的,一方

本书作者黄乔生(左一)在马来西亚创价学会青年部演讲

面,希望青年勇敢战斗,不顾个人安危;另一方面,又担心青年因此无谓地丢掉生命。

总括地说,鲁迅的青年观是从他的亲身经历来的,不唱高调,不虚假欺骗,亲切而真诚。从此看鲁迅的人生观,我觉得有两点值得注意:第一,鲁迅曾经是一个志向高远、宅心仁厚的青年,具有"我以我血荐轩辕"的爱国情怀;第二,鲁迅一生一直都在提携青年,他对未名社作家、翻译家,对殷夫、叶紫、柔石等青年作家,对很多青年版画家,态度亲切和蔼,就像慈母对待孩子。鞭策中多鼓励,批评中有关怀,表现出的"诚"与"爱",令人感动。鲁迅提

本书作者黄乔生与马来西亚创价学会青年部朋友座谈

携青年成长的事例很多,大家耳熟能详,限于时间,这里就不重复多说了。

鲁迅的青年观,是一个丰富的宝库,对于今天青年的成长具有启示意义。

(本文根据2013年10月13日在马来西亚创价学会青年部的演讲整理)

芝麻与麻油
——新文化运动中的鲁迅

> 文艺是国民精神所发的火光,同时也是引导国民精神的前途的灯火。这是互为因果的,正如麻油从芝麻榨出,但以浸芝麻,就使它更油。
>
> ——鲁迅《论睁了眼看》

一

中国文学的现代性的确立,是一个漫长的过程。直到今天,我们还在探讨现代性究竟是什么,中国文学的现代性如何体现,甚至还在争论中国现代(Modern,近代)文学是什么时候开始的,是道咸、同光,还是1917年或1919年?

常见的断代法,是把现代文学的开端定在"五四"前后，代表人物就是鲁迅，开篇作品是《狂人日记》。

提到鲁迅，大家首先想到的是他的小说。中国文学当然以诗歌为正宗，所谓"皇冠上的明珠"。文学革命，一个重要的任务是诗界革命，旧诗变新诗，兹事体大，称为"革命"不算很夸张。但其实无论旧体新体，也还是在用汉字堆砌排列，并无根本改变。胡适在新诗方面的尝试，虽然引发了很多争议，但他自己也说，写新诗仿佛女子放裹脚，看似新，本质也还是旧。直到现在，我们还不能说新诗就站稳了脚跟，更不要说新诗取代旧诗了。散文也是中国文学传统中源远流长的文体，犹如一条奔流不息的大河。新文学用白话文写作，表面上看似乎是截断众流，但其实是接上了主流，因为，在周作人看来，中国散文大河到明代成了一条暗流，出现公安、竟陵派，以清新的思想和灵活的体式，与六朝散文相像，而且相连。周作人写了《中国新文学的源流》就把新文学与明代文学疏通连接起来。

鲁迅以小说知名。相比诗和散文等传统文体，小说虽然是古已有之，但在当时，短篇小说是一个新颖的文学形式。鲁迅和周作人在日本留学时翻译过俄国、东欧的短篇小说，出版了《域外小说集》，发行惨淡。因为中国读者不习惯这种文体，觉得刚刚开始就结束了，看得不过瘾。鲁迅在北洋政府教育部任职时继续提倡翻译小说。但那时还是鸳鸯蝴蝶派占优势。直到新文化运动开展起来，鲁迅发表了白话小说《狂人日记》等，现代意义上的小说逐渐获得读者，思想新颖加上格式特别，使鲁迅在文坛上卓然独立。

凭借小说创作的功绩，鲁迅引起了读者的注意。他从新文化的随行者升为代表乃至主导者，享受了很高的荣誉。在新文化运动的代表人物中，陈独秀、李大钊后来成为政治家，胡适是学者兼政论家，刘半农和钱玄同是学者，鲁迅和周作人两兄弟是文学家。事实上，文学家的名声盖过了其他人，尤其是鲁迅，在很长的历史时期中担当了"唯一"的角色。其中的原因值得探讨。

"文艺是国民精神所发的火光，同时也是引导国民精神的前途的灯火。这是互为因果的，正如麻油从芝麻榨出，但以浸芝麻，就使它更油。"最脍炙人口的是前两句，文艺来自民众，却又要引导民众，似乎有些矛盾：既然民众能发出火光，还需要引导吗？不是说民众是麻木的落后的吗？他们昏睡在黑暗的小屋里，怎么能发出火光？任何比喻都有蹩脚的地方。往下看，芝麻和麻油的比喻能不能把矛盾融合掉？接着上一个比喻说：民众如此愚昧落后，当得起芝麻的称号吗？既然不是芝麻，怎么能榨出油来？我们把这个比喻用在鲁迅身上如何？鲁迅这样的黑屋里先醒过来的人,可以称作"芝麻",鲁迅的文学是这芝麻中榨出来的油。而这麻油同时又浸润芝麻,惠及国民。那么,为什么鲁迅被"榨"了出来?他又怎样浸润芝麻?从鲁迅与新文化运动的关系中可以约略了解那个特定时期即中国文化转型时期文学的引导能力和先锋作用。

  鲁迅知识储备丰富,沉潜得久,经历磨难多。如果仍用芝麻和麻油的比喻,那就是榨得充分,因此更纯更香。鲁迅参加新文化运动比较晚,但是他的求新的程度不亚于《新青年》任何一位同仁。新文化运动中涌现出很多杰出人物,但鲁迅后来却成了新文化的代表,被称为这个运动的旗手,给人的印象就是领军人物。其实,旗手后面还有司令官。为什么不提司令官了呢?因为司令官出了问题,只好以旗手为全军的代表了。鲁迅是新文化运动的一员,他从这个运动得到很大的声誉,他也反哺了新文化运动,给这个运动注入感人的因素。他的小说和杂文,借由教科书的传播,深入人心,至今不衰。

  中国历史上王纲解纽时代,文学往往呈现发达态势,所谓"国家不幸诗家幸"。动乱的时代,人们容易伤感,容易反观自身,有思索,有自觉。魏晋时代就是文学自觉的时代。"五四"时代也如此。文学上的自觉,表现在思想的自由和文体的解放。文字、文体看似工具性的表面的东西,其实是本质性的,是寻求自由的方式。因此,"五四"时代的新文学是划时代的而且影响深远的。鲁迅在文学研究中表彰魏晋时代,说那个时代有文学自觉,其实就是在怀念"五四"新文化运动时期。他的一生得益于这个思想自由兼容并包的时代。他在"五四"时代来到之前,犹豫不决,并不积极;而在这个时代过后,又表露留恋之心,并且对新一轮的专制高度警惕,甚至已经预感到一个思想统一时代的到来。晚年,他更敏锐同时也更艰难地把握文学和政治之间的关系。

通过探讨鲁迅和新文化运动的关系,我们可以深入了解一段历史,思考新文化的丰富性,文学和思想的关联性等等问题。

二

二十世纪二十年代末,新文化运动归于沉寂。鲁迅到达广州,任职于中山大学。在广州期间,他应邀到香港发表演讲。有一次演讲在谈到如何使中国摆脱旧思想的束缚时,他回忆起新文化运动的缘起和过程,首先表彰了这个运动的功劳,称赞这个运动把原来的中国——"无声的中国"——变成有声的。鲁迅说,就在"五四"运动的前一年,"胡适之来尝试了",提倡"文学革命":"不学古代

《新青年》封面

的死人的话,要说现代的活人的话;不要将文章看作古董,要做容易懂得的白话的文章"。一开始,改革还是语言层面的,随即,新文化的倡导者意识到单是语言层面的革新不够,因为腐败的思想,用古文能做,用白话文也能做。所以就有人来提倡思想革新。思想革新的结果引发社会革新运动,于是有了"五四"运动。

鲁迅是这个历史过程的亲历者,但并不是领导者。根据《呐喊》自序的记述,鲁迅是经过《新青年》同仁反复劝说才参加的:"《新青年》的编辑者,却一回一回的来催,催几回,我就做一篇,这里我必得记念陈独秀先生,他是催促我做小说最着力的一个。"当然还有一个值得纪念的人是与他进行有关"铁屋子"对话的金心异(钱玄同)。陈独秀向周氏兄弟约稿之殷切,可以从他致周作人信中看出来:"《风波》在一号报上登出,九月一号准能出版。兄译的一篇长的小说,请即寄下,以便同前稿都在二号上登出。""鲁迅兄做的小说,我实在五体投地的佩服。"(载《历史研究》1979年第5期)"二号报准可如期出版。你尚有一篇小说在这里,大概另外没有文章了,不晓得豫才兄怎么样?随感录本是一个很有生气的东西,现在我一个人独占了,不好不好,我希望你和豫才、玄同二位有功夫都写点来。豫才兄做的小说实在有集拢来重印的价值,请你问他倘若以为然,可就《新潮》《新青年》剪下处自加订正,寄来付印。"看得出来,陈独秀极为欣赏鲁迅的小说和随感录,他不仅约稿,而且帮助鲁迅将《呐喊》结集出版。

既然是被催促的,当然就不是积极的、自主的状态。鲁迅性情沉郁,不是登高一呼应者云集的英雄,不愿意参加运动,不好拉帮结派。事实上,鲁迅并不是《新青年》的"最主要作者",最主要的作者还是陈独秀和胡适。据统计,在《新青年》前九卷发表作品数量位居第一、二位的作者为陈独秀、胡适,两人的作品数量远远高于其他撰稿人如高一涵、钱玄同、周作人、刘半农、鲁迅、李大钊、陶孟和等。陈独秀对周氏兄弟的评价值得我们注意:"鲁迅先生和他的弟弟启明先生,都是《新青年》作者之一人,虽然不是最主要的作者,发表的文字也很不少,尤其是启明先生;然而他们两位,都有自己独立的思想,不是因为附和《新青年》作者哪一个人而参加的,所以他们的作品在《新青年》中特别有价值,这是我个人的私见。"(陈独秀:《我对于鲁迅之认识》,原载上海《宇宙风》1937年11月21日十日刊第52期。)

陈独秀

鲁迅在新文化运动中慢半拍，有所迟疑，这是实情。其原因，在于他当时的思想状态。他在《自选集》自序中说过："我做小说，是开手于一九一八年，《新青年》上提倡'文学革命'的时候的。这一种运动，现在固然已经成为文学史上的陈迹了，但在那时，却无疑地是一个革命的运动。我的作品在《新青年》上，步调是和大家大概一致的，所以我想，这些确可以算作那时的'革命文学'。然而我那时对于'文学革命'，其实并没有怎样的热情。见过辛亥革命，见过二次革命，见过袁世凯称帝，张勋复辟，看来看去，就看得怀疑起来，于是失望，颓唐得很了。"

所以，讲鲁迅与新文化运动的关系，应该如他自己说的，是受了革命者热情的感染和鼓励，为了支持他们，因此是"同情者"、"同路人"。鲁迅曾多次说自己创作是听将令，虽然是谦逊之言，但也说出了部分实情。

然而，鲁迅在沉郁中集聚了更大的力量。他的内心是热烈的，所以他希望看到更激烈的言论，而且，他私下里正在说着十分激烈的"疯话"。多亏了当时一些活动家的日记的出版，例如《钱玄同日记》，我们看到他们当时议论的话题，如废除汉字、消灭旧戏、以耶教代儒教等，有些观点正是鲁迅所鼓吹的。鲁迅一开始对《新青年》表示不满,是因为觉得它的议论温吞,批评无力,读起来不过瘾。《新青年》九卷二期出版后,他把杂志寄给在家乡的周作人,并在信中评论道:"无甚可观,惟独秀随感究竟爽快。"

三

鲁迅得到新文化运动旗手和代表的名誉,政治原因自不待言。《新青年》的创办人陈独秀后来参与创建共产党,担任领导人,但后来犯了错误,成了罪人;胡适在国共内战时期被共产党列为战犯;刘半农、钱玄同当了大学教授,被视为隐退;鲁迅的弟弟周作人,后来不但思想保守,甚至在抗日战争期间叛国投敌。这么一来,《新青年》同仁中"好人"不多,可以大张旗鼓宣传的就是李大钊和鲁迅了。

除政治历史原因外,鲁迅本人的回忆和表述是不是给我们某种引导呢?鲁迅到上海后,应邀编辑《中国新文学大系·小说二集》,花了很大功夫梳理中国白话小说十年的成果。他在序言中对自己在新文化运动(文学革命)时期的创作有一个简短的评价,谦虚里含有自豪的成分:

> 在这里发表了创作的短篇小说的,是鲁迅。从一

九一八年五月起,《狂人日记》,《孔乙己》,《药》等,陆续的出现了,算是显示了"文学革命"的实绩,又因那时的认为"表现的深切和格式的特别",颇激动了一部分青年读者的心。……但后起的《狂人日记》意在暴露家族制度和礼教的弊害,却比果戈理的忧愤深广,也不如尼采的超人的渺茫。

这段话透露出两个信息:一是他的小说写得不错,影响不小(虽然影响了一部分青年,但有一个"颇"字,说明影响深);二是同外国著名作家比较的结果,并不令人气馁,自己的作品还是有些优点的。有这些因素,他的小说当然堪称一流。他自己的人生经历和文化修养产生了这些作品,但不容否认,新文化运动给了他一个很好的契机和平台。

因此,鲁迅对这个运动没有坚持下去,感到遗憾甚至不满,就不难理解了。他在《自选集》自序中说:

后来《新青年》的团体散掉了,有的高升,有的退隐,有的前进,我又经验了一回同一战阵中的伙伴还是会这么变化,并且落得一个"作家"的头衔,依然在沙漠中走来走去,不过已经逃不出在散漫的刊物上做文字,叫作随便谈谈。有了小感触,就写些短文,夸大点说,就是散文诗,以后印成一本,谓之《野草》。

鲁迅对《新青年》同仁的评价,会不会影响人们的看法?《忆刘半农君》中有一段话,很耐人寻味:

> 《新青年》每出一期,就开一次编辑会,商定下一期的稿件。其时最惹我注意的是陈独秀和胡适之。假如将韬略比作一间仓库罢,独秀先生的是外面竖一面大旗,大书道:"内皆武器,来者小心!"但那门却开着的,里面有几枝枪,几把刀,一目了然,用不着提防。适之先生的是紧紧的关着门,门上粘一条小纸条道:"内无武器,请勿疑虑。"这自然可以是真的,但有些人——至少是我这样的人——有时总不免要侧着头想一想。半农却是令人不觉其有"武库"的一个人,所以我佩服陈胡,却亲近半农。

胡适读到这段话,深表不满,觉得自己不是那样城府很深的人物,鲁迅的怀疑是恶意的,无根据的。胡适对鲁迅的态度应该说是好的,多次称赞。鲁迅去世后,他还劝说攻击鲁迅的人要客观看待鲁迅,尽管鲁迅曾经严厉批评他甚

鲁迅致胡适信

至讽刺挖苦他。鲁迅对待人事，的确像自己说的那样——"总不免要侧着头想一想"——多疑。

周作人指出，这段话是鲁迅在使用小说笔法。实际情况是，鲁迅和周作人当时都处在客卿的地位，并不轮流编辑杂志。普通读者看到这段话，觉得写得很传神，那是因为新文化运动的这两个发起者长期以来不是"好人"，"正中下怀"。鲁迅的评价可以作为官方评价的佐证，一般读者也很容易认可。但最近几年陈独秀和胡适研究热起来，很多著作出版了。他们对新文化运动的贡献受到表彰，大家对于鲁迅的话就不免怀疑起来了。甚至有人考证鲁迅到底见过陈独秀没有。如果没有见过，更不可能在一起开会了。然而，鲁迅说自己是见过陈独秀的："我最初看见守常先生的时候，是在独秀先生邀去商量怎样进行《新青年》的集会上，这样就算认识了。"这分明是说，陈独秀和李大钊两个共产党创始人他都见过。周作人却指出，鲁迅并没有参加关于《新青年》编辑方针的争论："那时反对的方面记得有李大钊，而他(指鲁迅)并不参加。后来说他曾反对胡适等有功，与李大钊并重，这也是追加的神话罢了。"

钱玄同和刘半农，在鲁迅笔下也少正面形象。他后来简直连钱玄同的面都不想见，偶尔相见，也不想跟他说话。有一年他回北京探亲，"遇金立因，胖滑有加，唠叨如故，时光可惜，默不与谈"。他还写诗讽刺钱玄同自食其言："作法不自毙，悠然过四十。何妨赌肥头，抵当辩证法。"在给朋友的信中更从总体上贬低了钱玄同："疑古玄同，据我看来，和他的令兄一样性质，好空谈而不做实事，是一个极能取巧的人，他的骂詈，也是空谈，恐怕连他自己也不相信他自己的话，世间竟有倾耳而听者，因其是昏虫之故也。"

刘半农去世后，鲁迅写怀念文章，不为逝者讳，直说自己憎恶刘半农的"最近几年"，而且对他的主要印象是

鲁迅致钱玄同信

"浅"："有时候，连到《新青年》投稿都被排斥。他很勇于写稿，但试去看旧报去，很有几期是没有他的。那些人们批评他的为人，是：浅。不错，半农确是浅。但他的浅，却如一条清溪，澄澈见底，纵有多少沉渣和腐草，也不掩其大体的清。"虽然曲终奏雅，但毕竟是"浅"。

钱玄同在纪念鲁迅的文章中说,鲁迅的一个性格特点是好记仇,易迁怒。他跟钱玄同、刘半农之间的恩怨中,有没有迁怒的成分?这两位新文化的老战友对鲁迅与学生恋爱和在上海"左倾"是不满的,在朋友圈里发表了一些不赞成的议论。鲁迅对他们给予回击,其实也是为自己辩护。他在一封信中说:

> 疑古和半农,还在北平逢人便即宣传,说我在上海发了疯,这和林玉堂大约也有些关系。我在这里,已经收到几封学生给我的慰问信了。但其主要原因,则恐怕是有几个北大学生,想要求我去教书的缘故。语丝派的人,先前确曾和黑暗战斗,但他们自己一有地位,本身又便变成黑暗了,一声不响,专用小玩意,来抖抖的把守饭碗。

四

鲁迅成为新文化运动的代表,更重要的原因是他的实力。他的巨大潜力被引发了——长期积蓄,突遇机缘,潜力被释放出来。这里不单单指文学才能。鲁迅的文字中蕴含的并不只是狭义的文学或曰纯文学。他的文字里含有学术和思想。

鲁迅少年时代接受私塾教育，青年时代转向了新式学堂教育，就是受了前辈改革家的恩惠，如果没有受这样的教育，陈独秀、胡适、鲁迅等一代人后来很难担当新文化运动重任。政体改变，实行共和，选举总统，一时即可奏效。文化运动则需要很长的准备期，思想意识的改变非短期所能实现。《新青年》致力于启发民智，输入新思想，改变国民性，做的正是艰难的工作，所以一开始并不引人注意。

官员身份使鲁迅与文人学者保持距离。鲁迅的性情本就比较冷峻孤僻，不大合群。在不少问题上，他其实都是旁观者，有几场大的争论他并没有参加，如主义与问题、科学与玄学、宗教自由等。他关注一些更"小"的更感性的问题。但这些问题其实都须有深厚的学养作基础。鲁迅为新文化做的准备充分而全面。这包括：中国小说史的研究，这里面其实就有白话小说，甚至佛经故事；外国文学的翻译及外国新思想的介绍，等等。他甚至对儿童教育问题也表现相当程度的关注。

鲁迅的官员身份，并非只有负面因素，也有积极的因素在里面。因为是北洋政府的官员，过去我们不大愿意多说，即便说，也总是说鲁迅不愿意做官，处于一种消极怠工的状态，甚至还有抵抗情绪。这不符合实情。其实，鲁迅从事的是国家层面的文化事业，做了很多具有开拓意义的事，时常表现出积极努力的态度。他负责图书馆、博物馆建设，文物的搜集、保存，及文艺、图书等方面的事务，有些工作很值得一提，例如戏剧的改革和小说的审查。小说的审查关系到文学品味，更关系道德建设。这对他的创作也是一种参照和启发。当然，他本人的小说史研究也是他的创作的一个坚实的基础。

鲁迅为什么能在新文化运动中脱颖而出并且后来居上？一个重要的原因是鲁迅文字的特异之处，其表达方式让人耳目一新，能够深入人心。

例如有关妇女和儿童问题的文章，就很感人。

鲁迅的《我之节烈观》和《我们现在怎样做父亲》，一个讲妇女问题，一个讲儿童问题，都是新文化运动关注的重大问题。新文化运动的几位大师都有这方面的议论。他们引进西方妇女解放理论，甚至请外国学者到中国宣讲。周作人写了《欧洲古代文学上的妇女观》，胡适写了《终身大事》等，几乎每个《新青年》同仁对此都有论述。胡适在《慈幼的问题》一文中说了一段概括性很强的话："一个国家有无未来，看他们对待三件事（孩子、女人和闲暇时间）的态度。"他结合中国现状解释说："这三点都很扼要，只可惜我们中国禁不起这三层考察。这三点之中，无论哪一点都可以宣告我们这个国家是最野蛮的国家。我们怎样对待孩子？我们怎样对待女人？我们怎样用我们的闲暇工夫？——凡有夸大狂的人，凡是夸大我们的精神文明的人，都不可不想想这三件事。"周作人也在《看书偶记》中说过："鄙人读中国男子所为文，欲知其见识高下，有一捷法，即看其对佛教以及女人如何说法，即已了然无遁形矣。"说得都有高度，而且凝练。

鲁迅的文章则充满感情，打动人心。明清以降，礼教大盛，正史及各府州县志，无不专列"烈女"一卷，但大多数人却连名字也未留下，只有"××氏"字样，说明她们只是作为夫权和父权的所有物而存在的，贞节观念走了极端。当时儒家的仁义道德是吃人的，尤其是吃女人的。《我的节烈观》中有一段说到烈女产生的原因，讲得很生动：

> 这类人不过一个弱者（现在的情形，女子还是弱者），突然遇着男性的暴徒，父兄丈夫力不能救，左邻右舍也不帮忙，于是她就死了；或者竟受了辱，仍然死了；或者终于没有死。久而久之，父兄丈夫邻舍，夹着文人学士以及道德家，便渐渐聚集，既不羞自己怯弱无能，也不提暴徒如何惩办，只是七口八嘴，议论她死了没有？受污没有？死了如何好，活着如何不

好。于是造出了许多光荣的烈女,和许多被人口诛笔伐的不烈女。只要平心一想,便觉不像人间应有的事情,何况说是道德。

这种言说方式,是鲁迅文字的一个特色。在另一篇文章中,鲁迅讲人的权力,不是抽象地讲人权理论,而是从自己日常的一件事——货币贬值过程中一个小官吏将钞票换成银元的经历——生发开去,情节十分生动:

> 那么,换铜元,少换几个罢,又都说没有铜元。那么,到亲戚朋友那里借现钱去罢,怎么会有?于是降格以求,不讲爱国了,要外国银行的钞票。但外国银行的钞票这时就等于现银,他如果借给你这钞票,也就借给你真的银元了。我还记得那时我怀中还有三四十元的中交票,可是忽而变了一个穷人,几乎要绝食,很有些恐慌。俄国革命以后的藏着纸卢布的富翁的心情,恐怕也就这样的罢;至多,不过更深更大罢了。我只得探听,钞票可能折价换到现银呢?说是没有行市。幸而终于,暗暗地有了行市了:六折几。我非常高兴,赶紧去卖了一半。后来又涨到七折了,我更非常高兴,全去换了现银,沉垫垫地坠在怀中,似

乎这就是我的性命的斤两。倘在平时,钱铺子如果少给我一个铜元,我是决不答应的。但我当一包现银塞在怀中,沉垫垫地觉得安心,喜欢的时候,却突然起了另一思想,就是:我们极容易变成奴隶,而且变了之后,还万分喜欢。

于是得出结论:"中国人向来就没有争到过'人'的资格,至多不过是奴隶",中国的历史不过是"想做奴隶而不得的时代"和"暂时做稳了奴隶的时代"两个时代的循环。

杂文章中用小说笔法,是鲁迅文章的一个特点,说明他在表达方式上用心良苦。例如《马上支日记》,叙述繁琐的日常生活,用很平常的见闻来说明自己的观点,议论生动幽默。杂文尚且用如此生动的文笔,小说中的祥林嫂、单四嫂子、爱姑、顺姑等女性形象——都是受奴役和受戕害者——给读者的印象就更深了。

鲁迅深切同情女性,赞赏和歌颂女性,但作为清醒的现实主义者又并不将女性理想化,而能正视中国几千年的深重压迫所造成的奴性和精神的创伤,期待她们摆脱社会压迫,克服自身的负面因素,成为"新女性"。像《娜拉走后怎样》《伤逝》《阿金》等文章,都能引发读者做深入的思考。

五

鲁迅营造的文学世界，各体兼备，思想深刻，语言凝练，具有长久的艺术魅力。新文化运动的另一位勇将李大钊，二十世纪二十年代被军阀政府杀害。二十世纪三十年代，鲁迅等新文化运动老战友，联手编辑《守常全集》。鲁迅在序言中说：

> 不幸对于遗文，我却很难讲什么话。因为所执的业，彼此不同，在《新青年》时代，我虽以他为站在同一战线上的伙伴，却并未留心他的文章，譬如骑兵不必注意于造桥，炮兵无须分神于驭马，那时自以为尚非错误。所以现在所能说的，也不过：一，是他的理论，在现在看起来，当然未必精当的；二，是虽然如此，他的遗文却将永住，因为这是先驱者的遗产，革命史上的丰碑。

李大钊的遗文，记录他革命道路上的所思所想，具有历史文献价值。当然，时过境迁，有些观点在后人看来未必精当。政治文字时效性强，而文学作品的魅力则相对长久。鲁迅坚持用文艺沟通心灵，打动读者。他青年时代弃医从文,正是怀抱着启迪民智、改良人生的崇高理想,从事文艺运动历经失败,但没有气馁,而是坚持不懈,可以说,他对文艺是尽忠竭力的。他参加新文化运动虽然是听将令的,但他的听法不是刻板的教条的,而有创新,有自己的坚守。他不一味追求文字的宣传性,而更重视文学性。二十年代中期,他对《新青年》少登文艺作品就表示不满,在给日本学者青木正儿的信中说:"中国的文学艺术界实有不胜寂寞之感,创作的新芽似略见吐露,但能否成长,殊不可知。最近《新青年》也颇倾向于社会问题,文学方面的东西减少了。"晚年在为《呐喊》的捷克译本写的序言中仍然表达了对文学的钟情:"人类最好是彼此不隔膜,想关心。然而最平正的道路,却只有用文艺来沟通,可惜走这条道路的人又少得很。"他对自己从事的文艺事业充满了自信:"我已经确切的相信:将来的光明,必将证明我们不但是文艺上的遗产的保存者,而且也是开拓者和建设者。"

鲁迅比陈独秀、李大钊影响大,其他种种原因外,文学的力量是不可忽视的一个因素。1958年5月4日,胡适在中国台湾地区演讲纪念新文化运动,说:"我们这班人不大十分作创作文学,只有鲁迅喜欢弄创作的东西,他写了许多随感录、杂感录,不过最重要他是写了许多短篇小说。"

鲁迅不是一开始就有文学的自觉,但在漫长的文艺实践过程中逐步达到对文学的执著。《呐喊》和《彷徨》之后,他在困境中渐渐采取了坚守的姿态。他的《题〈彷徨〉》诗"寂寞新文苑,平安旧战场。两间余一卒,荷戟独彷徨",自嘲中有孤傲的成分。虽然那时很悲观、很孤独,但他还是在做文学,甚至更文学,例如写散文诗《野草》,开拓文学的新疆域。这种文学意识,到了厦门广州,愈发清晰。离开广州前夕做的演讲《魏晋风度及文章与药及酒之关系》讲的是一向被他看重的魏晋时期的文学。那时候就连皇帝也很有文学意识,曹丕虽然说文章是"经国之大业,不朽之盛事",但却也说诗赋不必寓教训。所以鲁迅说,用近代的文学眼光看来,曹丕时代可说是"文学的自觉时代"。"五四"新文化运动时代,也是一个文学自觉的时代。这个自觉,鲁迅是获得了,并且经由他的传布,起到不小的影响。他后来到上海,又写了《文艺与政治的歧途》等文章,继续申述他的主张。当然,有时候鲁迅也说一些文学无用的话,例如《革命时代的文学》的演讲中这么说——当然有点鼓励革命武装力量的意思——"加以这几年,自己在北京所得的经验,对于一向所知道的前人所讲的文学的议论,都渐渐的怀疑起来。那是开枪打杀学生的时候罢,文禁也严厉了,我想:文学文学,是最不中用的,没有力量的人讲的;有实力的人并不开口,就杀人,被压迫的人讲几句话,写几个字,就要被杀;即使幸而不被杀,但天天呐喊,叫苦,鸣不平,而有实力的人仍然压迫,虐待,杀戮,没有方法对付他们,这文学于人们又有什么益处呢?"

值得注意的是,他在广州的演讲中比较了曹丕和曹植两人关于文学效用的观点:表面上看似乎是不同的,曹丕说文章可以留名声于千载,曹植却说文章小道,不足论。鲁迅认为后者是违心之论。有两个原因,第一,曹植的文章做得好,一个人大概总是不满意自己所做的而羡慕他人所为的,他的文章已经做得好,于是他便敢说文章是小道;第二,曹植活动的目标在于政治方面,政治方面不甚得志,就说文章是无用了。同理,鲁迅有时感叹文学无用,说"空留纸上声",也是违心之论。

鲁迅并不热衷于政治,他最后还是选择到上海从事文学活动。所以说广州时期是鲁迅一生一个重要转折点。他晚年跟年轻人在一起从事文学艺术,从中找到了乐趣,期望自己的文学创造力复活。他特别欣赏柔石身上那种傻气和硬气——这些气质在世俗看来就是"迂":"他躲在寓里弄文学,也创作,也翻译,我们往来了许多日,说得投合起来了，于是另外约定了几个同意的青年，设立朝华社。目的是在绍介东欧和北欧的文学，输入外国的版画，因为我们都以为应该来扶植一点刚健质朴的文艺。"

什么是好的文学作品？鲁迅不看好宣传文字。他说一切艺术固然都是宣传，但并不是所有的宣传都是艺术。他在婉拒成为诺贝尔文学奖候选人的信中说，他拒绝参评的一个原因是一成了获奖者，作品就成了"翰林文字"。他在《革命时代的文学》中还说："在这革命地方的文学家，恐怕总喜欢说文学和革命是大有关系的，例如可以用这来宣传，鼓吹，煽动，促进革命和完成革命。不过我想，这样的文章是无力的，因为好的文艺作品，向来多是不受别人命令，不顾利害，自然而然地从心中流露的东西；如果先挂起一个题目，做起文章来，那又何异于八股，在文学中并无价值，更说不到能否感动人了。"

鲁迅一直强调对文学的坚持、坚守、坚韧，他在给青年朋友的一封信中说："我在这三十年中，目睹了不知多少。但一面有人离叛，一面也有新的生力军起来，所以前进的还是前进。弄文学的人，只要（一）坚忍，（二）认真，（三）韧长，就可以了。不必因为有人改变，就悲观的。"（1933年10月7日致胡今虚）。其实，何止是文学，一切事情，无不需要这种坚韧精神。

总结地说,文学的自觉、文学的代表性和引领性,是中国文学现代性的一大表征。文学是"麻油",是从国民精神中提炼出来的精华,反过来又浸润国民精神,涵养国民性格。这是鲁迅和新文化运动留给我们的一个重要启示。

(根据2016年中国人民大学文学院创造性写作研究生班的讲课提纲整理)